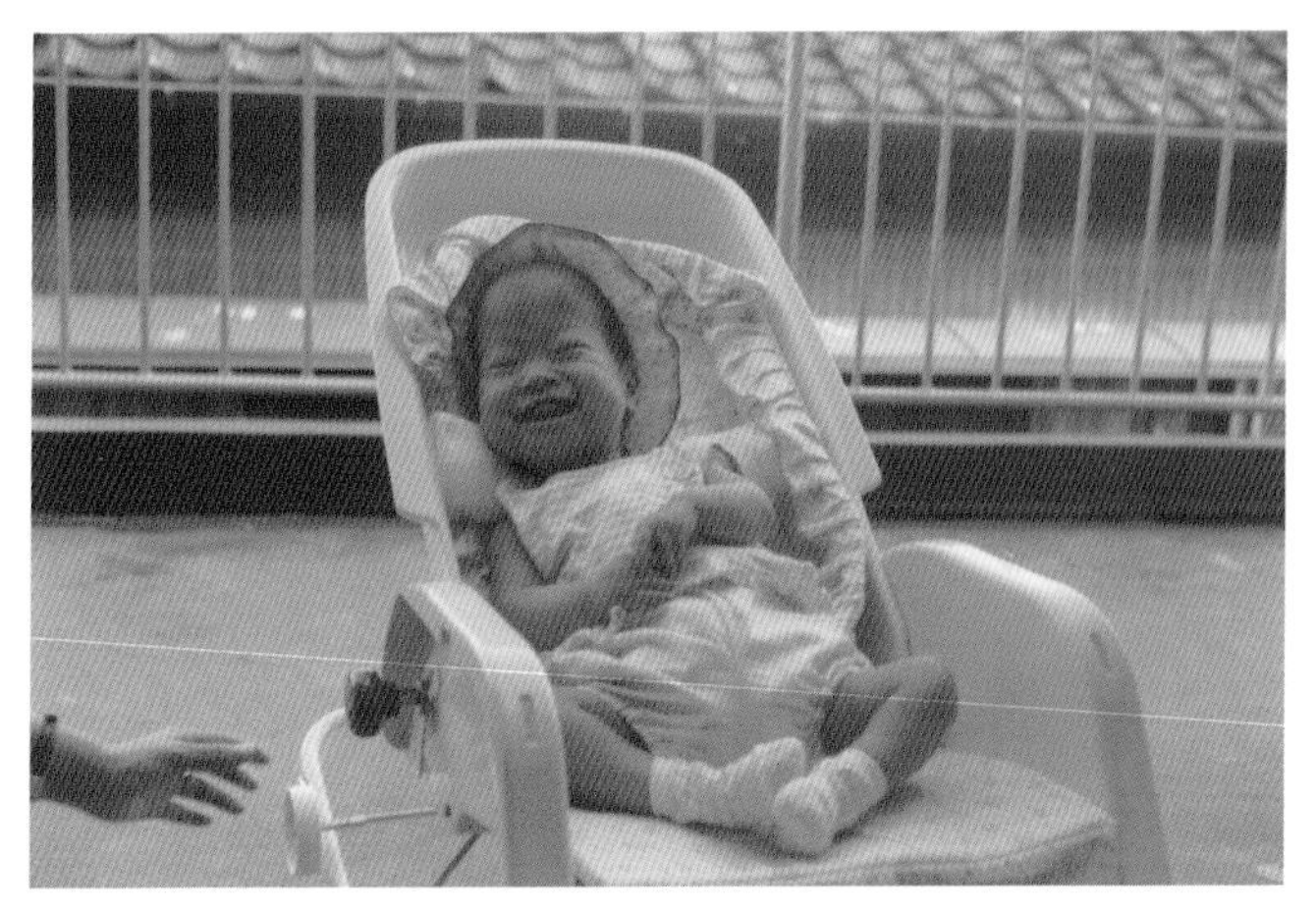

① 清子２歳。福徳の実家で暮らしていたころ

② 清子２歳。福徳の実家の寝室にて

③ 3年遅れの桃の節句。お雛様の前で健康を願う

④ 清子10歳のときの家族旅行。妹たちと

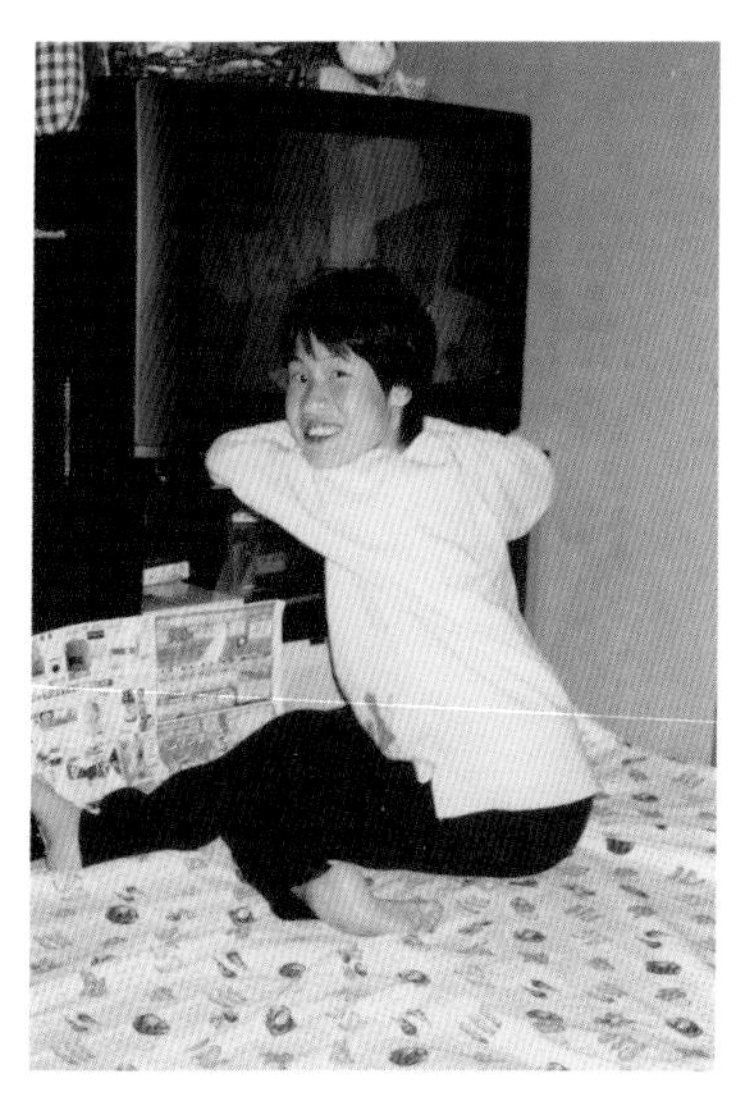

⑤ 清子15歳。テレビを独り占めするいたずらっ子

⑥ 清子16歳。諫早養護学校の運動会。車いす競争でハッスル

⑦ 清子18歳。諫早養護学校の卒業式。担任の松浦先生と

⑧ 清子23歳。倒れる半年前。低酸素状態でも笑顔を絶やさない

また　あの笑顔に逢えたなら

重い障がいのある娘が教えてくれたこと

矢部福徳
YABE Fukunori

文芸社

はじめに

障がいを持った娘の清子(きよこ)が生まれてきたのは四一年前、一九八三（昭和五八）年六月二一日のことでした。

なんの知識も経験もなかった私のもとに、娘は仮死状態で生まれてきました。

娘は、水頭症と二分脊椎症という障がいのため、生後すぐから幾度もの手術と入院を繰り返しながら、二四歳の若さで天に召されました。

障がいを持った娘との暮らしはとても大変でしたが、大変だった以上に、とても有意義で素晴らしい時間だったように思えます。

しかし私は、娘が生まれてからの三年くらいは、娘の障がいのことを、どうしても素直に受け入れることができずにいて、世間や神様を恨み、かたくなに心を閉ざしていました。

そんな私の心を癒し、やさしく開いてくれたのは、他でもないその娘でした。

私は、娘のおかげで、たくさんの素敵な人たちと出逢うことができました。

娘とともに、たくさんの悲しみや喜びを経験することで、私自身、「人として一番大切なこと」を修得できたような気がします。

やがて私は、娘の清子との日々の中で、「障がい者に光を」ではなく、「障がい者を光に」と思えるようになりました。娘が私の光となり、私の人生を導いてくれたのです。

そして、その後次々と起こる「悩み」や「苦難」は、私にとって乗り越えなければならない「試練」や「課題」に置きかえることで、軽くクリアできるようになりました。

豊かな心や本当の幸せを教えてくれたのも娘でした。

清子によって、私の中には新しい視点ができ、視野が広がり、世の中の見え方が変わったような気がします。

いま、障がいを持つ子どもを育てながら迷いの中にいる方（特に父親）や、障がい者と関わりを持つ医療、学校、施設従事者の方々、そして人生につきものの「逆境」や「苦難」に悩んでいる方々に、私と、私の娘の人生の物語が、少しでも参考になればと思い、一冊の本を書くことに決めました。

この物語は、私、矢部福徳（やべふくのり）の成長物語であり、娘の清子が生きた証でもあります。

そしてこの物語もまた、清子に導かれて進んでいきます。

私は、娘の清子が亡くなってから、清子ならきっとこう思っていただろうという手紙を綴るようになりました（実際の清子は、二、三歳児程度の知能だと言われていました）。

それらの手紙は自分が書いたものなのに、もしかしたら本当に清子が書いたのではないかと思え、とても不思議な感じがします。そんな清子の手紙が、この本の物語を引っ張る役目をしてくれます。

というわけで、「私と清子の物語」。

私たちに関わってくださった、たくさんのやさしい方々への感謝の気持ちを込めて、できるだけ客観的に綴っていきたいと思います。

目次

第一章

なぜ我が子が——不測の事態

清子が生まれる前のこと

矢部福徳が生まれ育ったのは、長崎県南高来郡千々石町（現・雲仙市）。島原半島の付け根にある千々石町は、西に美しい砂浜と松原をもつ千々石海岸があり、東には雲仙岳の山々がそびえる風光明媚な町である。

二〇〇五（平成一七）年に近隣の六町と合併して雲仙市となったが、当時の千々石町の人口は七〇〇〇人ほどで、福徳の実家は海岸からすぐの旧街道沿いにあった。

一九五七（昭和三二）年に生まれた福徳は、矢部家の六人姉弟の末っ子で、母からは一番可愛がられた反面、明治生まれの父は非常に厳しかったので、父には一度も反抗できず、中学生のころから、家業の廃品回収や、家具・建具業などの手伝いをさせられていた。

なるべく自宅に帰りたくなかった福徳は、小学校のときから剣道を始め、中学校でも剣道部、高校生になったら軟式テニス部に入り、できるだけ遅くに自宅へ帰り、家の手伝いから要領よく逃げていた。

学校にも怖い先生や先輩がいたけれど、父親の怖さとは雲泥の差だったので、多少の病気でも学校を休むことはなく、少年時代は少々帰宅恐怖症気味だった。

家にいるときの福徳は、父の指示に従って、静かに家業の手伝いをしていたが、学校ではやんちゃで、人を笑わせるのが好きな少年だった。

福徳が通っていた千々石中学校には、一学年に二〇〇人ほどの生徒がいて、彼の成績は二〇番前後だった。当時は一五番以内に入れば、地区割りで諫早高校という進学校へ入れると言われていて、彼は頑張れば入れるかもしれないくらいの位置にいたのだが、担任の先生から、進学校へ行ってビリになるより、地元の高校でトップを取れと言われ、そうするかなあくらいの気持ちで、地元の小浜(おばま)高校へと進学した。

風光明媚な千々石町の全景

小浜高校では進学クラスに入り、大学受験を目指していた。将来は、刑事か学校の先生になりたいと思っていた。

成績は最初、学年で一五番くらいとトップに近かった。しかし、テニスと家の手伝いばかりでほとんどど勉強しなかったため、どんどん成績は下がってしまい、最後はクラスで四六人中四二番まで落ちてしまった。でも、後ろにあと四人いるからいいかあくらいに思っていた。

そして高校三年生のとき、国公立大学なら進学してもいいと親からは言われていたのだが、この成績では無理だとわかっていたので、父親が立ち上げていた「矢部建窓」という家業のアルミサッシ業を手伝いながら、浪人して勉強することにした。

家業は実質、一〇歳年上の兄が切り盛りしていたのだが、翌年、兄が体調を崩してしまった関係で、福徳はずるずるとそのまま家業を手伝うことになり、大学進学は諦めた。

知識も技術もない福徳だったが、持ち前の明るさと熱意により仕事の受注が増えたので、親孝行にもつながる家業の仕事を手伝うことが、少しずつ楽しくなっていった。

私生活では精力的に遊んだ。ちょっと女性にモテていたので、常に彼女がいたりして浮かれていた。仕事が終わると、夜はよく中学校の体育館でテニスをしていた。

ただ、年中無休で働いていたので、ストレスが徐々に溜まっていた時期でもあった。

*

二〇歳のお父さんへ

お父さん、私はあと六年でお父さんの子どもとして生まれてきますが、大丈夫かなあと心配しています。

この間も、誰にも言わずに黙って東京へ行ったよね。仕事や人間関係に少し疲れてきたのだと思いますが、それにしても、東京の大学に戻る友だちを空港まで自家用トラックで送るついでに、いきなり自分も一緒に飛行機に乗ってしまうなんて！

私は空の上から、飛行機に乗っているお父さんを見ていました。

大学進学を諦めて、地元で家業を手伝うことになったから、都会に行ってみたかったんだよね。ずいぶん楽しそうな一週間だったから、思わず笑っちゃったけど、みんな心配していたよ。

まあでも、しょうがないか。私が生まれたら、なかなか遊べなくなるから、いまのうちに遊び回っていてくださいネ。

それから、お父さんは気づいてないけど、お父さんはもうとっくにお母さんと知り合っていますよ。

私は二人が恋に落ち、結婚する日を楽しみにしています。

＊

清子誕生までのカウントダウン

高校を卒業してから、兄と二人で家業を切り盛りしてきたが、兄が数年間の予定で佐世保市の出張所へ行くことになったので、福徳は成り行きで家業を継ぐことになった。

二三歳になっていた福徳には、途切れることなくうまい具合に彼女がいたのだが、あるときふと、それが途切れた。そこで親戚の女性に、誰か紹介してほしいと頼んだら、いい人がいるよと二つ返事があり、紹介してもらうことになった。

その女性と会う約束の水曜日、その女性が急に都合が悪くなり、代わりの女性がやってきた。

代わりに来た女性は、福徳の高校の同期生だった。高校時代はクラスが違っていたので、直接話したことはなかったけれど、なんとなくお互いに顔を知っていた。彼女は近寄りがたいほどの美人だったので、福徳は、その日話せるだけでもいいかなというくらいの意識で、紹介してくれた親戚の女性と三人で、気軽に菖蒲の花を見に行った。

そのときはまさか、その女性と結婚することになるなどとはまったく思っていなかった。

しかし二人は、出逢ってから半年後の一二月、電撃的に結婚式を挙げた。

福徳にはもったいないくらいの女性との結婚は、誰もが羨み、誰が見ても二人は不釣り合いだったから、彼は有頂天になる自分の気持ちを抑えることができない程の夢心地だった。


二四歳で結婚した福徳は、千々石町の実家の近くの倉庫の二階に住み、両親の面倒を見ながら暮らしていた。

翌年、妻が妊娠した。彼は、男の子でも女の子でも、健康であればそれだけでいいと思っていた。五体満足の子どもが元気に生まれてくるものだと、なんの疑いももたなかった。

最初の異変に気づいたのは、妊娠八か月、ちょうど桜の咲くころだった。

妻が諫早市の産婦人科医院に定期検診に行ったとき、医者が、どうもおかしいと首を傾げたらしく、大きな病院で検査をするように言われたという。

彼が仕事から戻ってくると、妻が言った。

「あのね、お腹の赤ちゃん、頭が大きかとて。水頭症っていうもんかもしれんって」

「え、水頭症ってなんね?」

そのころはスマホもネットもない時代だったから、すぐに調べられるわけではない。

翌日、彼は図書館へ行って、分厚い『家庭の医学』という本を借りてきた。

水頭症とは、簡単に言うと、頭に水が溜まる病気だった。

『家庭の医学』には、脳の脊髄液が頭蓋内に溜まり、脊髄液が脳を圧迫して脳の機能の発達に影響を及ぼすと書いてあった。そして水頭症の子どもは、二分脊椎症という障がいを合併して生まれてくることが多く、二分脊椎症を合併しているかどうかは、生まれてみないとわからないと書いてあった。

次に二分脊椎症の項を読んだ。

二分脊椎症とは、腰椎の発達途中に不全が起こり、本来は脊椎の中にある脊髄が外に飛び出している障がいで、それは神経組織に影響を与えるとともに、細菌感染を起こしてしまう可能性があり、生まれてすぐに手術をする必要があると書いてあった。

彼は、『家庭の医学』に書かれていた難しい言葉を、何度も何度も読んだけれど、ちゃんと理解することはできなかった。

ただただ、五体満足で元気に生まれてきてくれればと、それだけを願っていたのに、自分の子どもが大変な障がいを抱えて生まれてくる可能性があるということを、冷静に受け止めることはできなかった。

落胆と、人々のやさしさと、清子の誕生

妻が、妻の母に伴われて大村市の国立病院へ行き、精密な検査をした結果、お腹の子どもは水頭症であるということが判明した。医者からは、無事に生まれてきても、いつまで生きられるかわからないから、覚悟をしておくようにと言われたそうだ。

それを聞き、福徳はショックを隠せなかった。妻は芯の強い女性だったから、彼よりはいくぶん冷静だったが、そんな妻のことも心配で、かけるべき言葉が見つからなかった。

子どもは仮死状態で生まれてくるだろうと言われていたので、もし、妻の命か子どもの命か、どちらかを選択しなければいけない事態になったら、彼は迷いなく妻の命を選ぶ覚悟をしていた。

福徳には忘れられない光景がある。

満開の桜の下を、妻と妻の母が、福徳の実家に向かって歩いてくる姿だ。

福徳には、二人の姿が一〇〇メートルくらい先から見えていた。その日は検査の結果が

出る日で、二人は静かに歩いていたが、義母は手に菓子折りを抱えていた。

福徳の心はざわついた。検査の結果が思わしくなかったのだということがすぐにわかった。義母は、矢部家に嫁がせた娘が、五体満足ではない子どもを身ごもったことを申し訳なく思ったようで、福徳の実家にお詫びにきたのだ。

障がいのある子どもを身ごもることは、決して義母のせいではないし、ましてや絶対に妻の落ち度ではない。しかしその時代は、そのような考えもあったのかもしれない。

春の日の　義母の菓子折り　胸騒ぎ

のちに福徳は、そのときのことを俳句に詠んでいる。

いまでも桜が咲くころになると、あの日、義母が菓子折りを抱えてやってきた姿が、彼の脳裡に鮮明に蘇ってくる。いまではもう誰も、義母でさえそのことを覚えていないのに、彼にとっては忘れられない光景なのだ。

あのころの自分は、人の気持ちに敏感だったのだろうと思っている。

義母がどれだけ心を痛めたのだろうと、その姿を思い出すだけで、彼の心も痛くなってくる。

「はじめての我が子に、健康であれば男でも女でもよい、五体満足であれば何も望まないと願っていた私たちを、神様はそっぽを向いて暗闇に突き落としたのだ」

当時の日記に、福徳はそう書いている。

目の前が真っ暗で、ショックと不安でいたたまれなくて、そんな気持ちを一人で抱えていることに耐えられなくなった彼は、ある日、高校のテニス部の先輩の家を訪ねた。

先輩の林田さんは結婚していたが、そのころはまだ子どもはいなくて、先輩と奥さんは二人で、夜遅くに訪ねてきた福徳の話を聞いてくれた。

夜の一〇時ごろから、朝の三時ごろまで、三人でお酒を飲みながら話をした。

話をしたと言っても彼が一方的に話していただけで、泣きながら話をしている彼に、二人はそっと黙って寄り添い、静かに話を聞いてくれた。先輩夫婦は、彼に同情するわけでもなく、頑張れと励ますこともせず、ただ黙って聞いてくれていた。

福徳はそのときのことを思い出すと、つらい境遇にいる人が必要としているのは、同情より励ましより、黙って心を寄せてもらうことなのだとわかる。彼は、先輩夫婦のことをいまでも尊敬している。

福徳の暗澹（あんたん）とした気持ちを横目に見るように、うららかな春は過ぎてゆき、花が散り、木々の緑が生き生きとする五月も過ぎた。

六月、彼の乾いた心を潤すかのような雨が降り続き、夏になる直前に、彼のもとに小さな女の子が生まれてきた。

一九八三（昭和五八）年六月二一日、福徳の娘は仮死状態で生まれた。

娘は水頭症で、二分脊椎症を合併していた。

生まれてすぐに手術室へ運ばれて、外に出てしまっている脊髄を被せる手術を行った。

手術の際に、どの神経を切ってしまったかは、のちのちにならないとわからないようだったが、一般的には、歩けなくなり、排尿ができなくなると言われていた。

腰椎の手術と同時に、水頭症の治療として、閉鎖している脳の髄液を排出させるためのチューブを入れるシャント手術も行われた。どちらも大手術だった。

＊

父親になったお父さんへ

お父さん、はじめまして。といってもまだ私は保育器の中にいるから、ガラス越しでしか会えていないけど……。

お父さん、泣いてばっかりだったね。

お母さんのことが心配だったんだよね。

ゴメンね……。

生まれるのがこんなに大変だなんて、私も思っていなかったから、自分でもちょっとびっくりしちゃって、小さな泣き声しか上げられなくて、お父さんは、私がすぐに死んじゃうんだって思ったよね。

でも大丈夫。

私は大きな手術にも耐えられたから、どんなことがあっても大丈夫だよ。

毎日、保育器の中の私を心配そうに覗きに来てくれるお父さんが早く笑顔になってくれるよう、私も笑い方の練習をしているから、ちょっとだけ待っててネ！

＊

福徳が、ＮＩＣＵ（新生児集中治療管理室）の保育器の中にいた我が子をはじめて見たのは、生まれた翌日だった。彼は、そこに確かに生きている自分の娘を見たが、父親になったという実感はまったく湧かなかった。

まあそれは障がいのあるなしにかかわらず、大変な思いをして子どもを産んだ母親と違い、父親というのはそういうものかもしれないと、あとになったらわかるのだが、ただ福徳の場合、娘が無事に生まれても、すぐに死んでしまうかもしれないという覚悟をしていたので、どこか頭の片隅で、あんまり愛情を抱いてはいけないと思っていたのかもしれない。

でも彼はしばらくのあいだ、子どもに愛情を抱けないいなんて、自分はなんて薄情な人間なんだろうという自己嫌悪に陥っていた。

そのころの福徳は、ずっと泣いてばかりだった。大村市の国立病院から、自宅のある千々石町まで、車で四五分ほどの距離なのだが、一時間半もかかった。涙で前が見えなくなってしまうので、途中で何度も車を停めては泣いていたのだ。

「あのころの青年は相当ショックだったとやろねえ」

人に話すとき、彼は昔の自分の姿を客観的に見る。

清子の笑顔

福徳は毎日、仕事が終わると保育器の中の娘に会いに行った。保育器の中の娘は、たくさんのチューブにつながれていた。

娘が生まれて三日目に、医者に言われたことを思い出す。

「矢部さん、とりあえず名前はいりますから、娘さんに名前ばつけんばですよ」

いま思うと、「とりあえずとはなんだ」とちょっと怒りたくなるけれど、そのときの彼は素直に、あ、そうかと思った。

娘はすぐに死んでしまうかもしれないと思っていたから、名前をつけるという発想も余裕もなかったが、きっと今後の手続きに必要だから用意しなければいけないんだろうというくらいの気持ちで、両親に相談した。

福徳の父親には、早くに亡くなってしまった「清子」という名の姪がいたようで、父親が、矢部家を清めてほしいと願いを込めて、「清子」という名をつけてくれた。

そのときの福徳は「いろんなものを背負って生まれてくるとやろうね、清めてくれたらよかね」くらいにしか思っていなかったが、本当に清子が自分の心を清めてくれて、人生の水先案内人になってくれたのだと実感するのは、清子が亡くなってからのことだ。

彼の涙は乾くことを知らぬまま、季節は夏の盛りを過ぎてゆき、少しだけ涼しい秋風が吹きはじめたころ、それは起こった。

彼は、いつものように、保育器の中の清子に向かって話しかけていた。

彼がコンコンと保育器を叩くと、清子は音のする方を見て、福徳の姿を見つめた。

そして彼の小さな娘は、父親の目を見て、はじめてニコッと笑ってくれた。

その瞬間、福徳の胸から熱い想いが湧き出してきた。

強い愛情が芽生えた瞬間だった。正確に言うと多分、愛情をちゃんと自覚した瞬間だった。

生まれた瞬間に、小さな声で「ふにゃふにゃ」と二言だけしか発しなかった娘が、たくさんのチューブにつながれたまま、満面の笑みで自分を見ている。

「清子！」と話しかけると、清子はちゃんと自分の名をわかっているのか、嬉しそうに何度も笑ってくれた。

彼は、やっと深く息を吐けたような気がして安堵した。

いつもの涙とは別の、温かい涙が彼の頬を伝っていた。

*

泣いてばかりのお父さんへ

お父さん、泣かないで。

私は笑い方を覚えるのに時間がかかっちゃったけど、それはお父さんが泣いてばかりいて、笑顔を教えてくれなかったからなんだからね！

そしてやっと私が一生懸命笑ったのに、お父さんたらまた泣いちゃって……。

そんなに泣いていると、脱水症になっちゃうよ！

ああ、早くここから出たいなぁ。

ああ、早くお父さんに抱っこしてもらいたいなぁ。

そのためには頑張ってちゃんと息をする練習をしてみるから、お父さん、もう泣かないで。

お父さんが泣くと、私も泣きたくなっちゃうから。

せっかく私は笑うことを覚えたんだから、私の笑顔をちゃんと見てネ！

＊

恨みと怒りと祈祷師巡り

泣いてばかりいた福徳は、小さな身体で必死に笑っている清子を見て、ますます悲しくなっていた。そのころから、一つの大きな疑問が、彼の胸の中に芽生えはじめた。

「なぜ清子はこんな姿で生まれてきたのだろう」

福徳は、清子を抱えてこれからどうすればいいのかではなく、なぜこうなったのかを知りたがった。なぜ清子は障がいを持って、福徳の元に生まれてきたのだろう。なぜ清子は、なぜ自分は、こんなつらい思いをしているのだろう。

いま思うと、完全に現実逃避であり、現実否定だとわかるのだけれど、そのころはそのことで頭がいっぱいになり、もうそのことしか考えられなくなって、その疑問の答えを知りたくて、福徳は地域の祈祷師巡りをはじめた。

あの町に行けば誰それさんという祈祷師がいてよく当たるとか、あっちの町にはなんでも答えてくれる祈祷師がいるとか、そんな噂を漏れ聞いては訪ねて行くようになった。

「なんでこうなったんでしょうか」

「なんで障がいを持った子が生まれてきたんでしょうか」

彼の質問に、祈祷師たちは答えようとしてくれた。

ある祈祷師は、「そうねえ、次の子もすぐ生まれるけん、この子はあきらめなさい」と言い、別の祈祷師は、「うーん、この子には、先祖の悪い霊がついとるかもしれん」と言い、別の祈祷師は、「うーん」と言ったきり、黙り込んでしまった。

何人目かの祈祷師が言った。

「あ、この子は、一八歳くらいまで生きるかもしれんねえ」

そう言われて少し安堵はしたものの、保育器の中の娘を見るとまた不安になる。

彼が知りたかった「なぜ生まれてきたのか」という質問に、ちゃんと答えてくれる祈祷師はいなかった。

生後四か月ほど経ったとき、清子はミルクを誤えんして、気管と肺が悪くなり、口からミルクを飲めなくなってしまった。泣くとたんが詰まり、呼吸が止まってしまうので、片時も目が離せない状態になった。

福徳は祈った。毎日心配で心配で、妻も憔悴している。いくら天に祈りを捧げても、状況は変わらない。

そのうち彼の心に、恨みが湧いてきた。誰を恨んでいいのかわからなかったが、自分や妻や娘につらい思いをさせている神様を恨んだ。幸せそうに生きているように見える他人や世間を恨んだ。

そのころの福徳を生かしていたものは、恨みと怒りだけだったかもしれない。

＊

怒っているお父さんへ

お父さん、毎日会いにきてくれてありがとう。

このごろのお父さんは、いっつも厳しい顔をしているネ。

だからそんなお父さんを笑顔にするために、私はスパゲッティのようなチューブの中から、頑張って笑顔を届けています。

ちゃんと私の笑顔の意味に気づいてネ！

ああ、早くスパゲッティを食べてみたいなぁ。

ああ、早く退院したいなぁ。

早く私のおうちに行ってみたいです。

お父さん、世間を恨んでばっかりいるより、ちゃんと私のおうちをきれいにして待っててネ！

＊

清子の退院、千々石での暮らし

清子の身体から、少しずつチューブが取れていき、生まれてから四三五日後、清子はやっと退院できることになった。

しかし退院したら退院したで、妻がつきっきりで清子の世話をしなければいけない。それでも妻も福徳も、清子が退院できることが嬉しかった。

千々石の家では、清子を迎える準備が整えられ、夏の終わり、はじめての我が子が、はじめて我が家にやってきた。

清子のいる生活がはじまり、福徳の家は賑やかになった。

小さな清子は、彼の腕にすっぽりと収まり、彼によく笑顔を見せてくれた。

清子は、退院してしばらくしたときに、食事を誤えんして肺炎を起こしてしまい、また

生まれてはじめての
千々石町の自宅にて

少し入院した。退院してからは、誤えん性肺炎を起こす危険性を避けるため、清子の食べる物はすべてミキサー食になったので、妻は毎食、清子のためにミキサー食を作った。

家族と同じものを食べるのだが、それを全部ミキサーにかけて食べさせるのは大変だった。排せつ障がいもあったので、毎日お腹を押して、排せつさせなければいけなかった。妻は二四時間、清子につきっきりだった。

清子はときどき呼吸困難になり、よく家族を慌てさせたが、一年後には装具をつけて三秒ほど立つことができた。青い水着を着て、海水浴もした。近所の方々に遊んでもらうこともあった。

でも福徳は、自分の娘に障がいがあることを、自分の口から言うことはなかった。

毎日が綱渡りのような生活の中、近所の人たちは「大変でしょう」と口々に言ってくれたが、そのころの福徳にとって、その言葉が一番きつかった。好意で言ってくれているのはわかっていたが、同情されるとなぜか腹が立った。

何もわからない人にはわからないからやむを得ないと思いはしても、何もわからない人から同情されても前向きな気持ちにはならなかったし、同情の言葉からはほとんど何も伝わってこなかった。だから同情されたくなくて、自分の友人たちには一切、清子の障がいのことは言わなかった。

近所に一軒だけ、障がいのある子どもを育てていたご夫婦がいたので、そこの奥さんとはよく話をした。お互いに同じような境遇だったから、その奥さんとだけは、いつも腹を割って話せていた。

しかし、いろんな意味で人々の距離の近い故郷の町で、清子のことで同情されながら暮らすのがほとほと嫌になってきた福徳は、この町を出ようと決心した。

第二章

揺れる心——逆境からの挑戦

新しい生活と決意

福徳は、自分たちのことを誰も知らない土地に行きたいと思っていた。

清子は大村市の国立病院へ入退院を繰り返しながら、歩行訓練のため諫早市の整肢療育園へ通院していたので、千々石町から車で三〇分ほどの諫早市へ転居しようと決めた。

実家を出ようと思いはじめていたころ、福徳は明け方にふと、白い靄(もや)のようなものに包まれたことがある。

白い靄は、彼をやさしく包み、彼の心に安らぎを与えてくれた。

それがなんだったのか、福徳はいまでもわからないが、当時の日記には「神が降臨した」と書いてある。もしかしたらただの錯覚だったのかもしれないが、彼にはそう思えたのだ。

そのころから世間を恨むことをやめていたので、本当に神様が降臨してくれたのかもしれない。清子と一緒に、前向きに生きていこうと決意していた。


住む家を探しはじめてからすぐに、諫早駅から徒歩八分ほどの国道沿いに、二階建ての古い木造の借家が見つかった。

空いていたのは一階で、二階には別の家族が住んでいた。一階には、一〇畳程度の広さの事務所と、その奥に一ＤＫの住居スペースがあった。駐車場は二世帯共有で二、三台分しかなく、事務所として使うにはとても不便ではあったが、新しい生活と仕事ができるなら場所にこだわりはなかったので、そこを借りることにした。家賃は六万五〇〇〇円だった。

一九八六（昭和六一）年、三歳になっていた清子と妻と三人で、千々石町から諫早市へと引っ越した。

福徳が千々石町を出るということは、父親が創業した店を畳むということでもある。「矢部建窓」を廃業するにあたり、福徳は、引退した両親の生活を一生、金銭的に支える約束をした。

千々石町を出るときから、もう成功する以外に選択の余地はないと固く心に決めていた。清子がいたから成功したんだと、いつか世間に認めてもらいたいと思っていた。

ヤベホーム設立

縁もゆかりもない諫早市で、福徳はこれまでの経験を生かし、住宅リフォーム会社を立ち上げた。社名は「ヤベホーム」にした。

やる気満々の福徳は、小さな看板を作ることにした。消費税が導入された年だったが、福徳にお金がないことを知っていた看板屋さんは消費税を負けてくれて、三〇〇〇円ちょうどで作ってくれた。

彼はできたての小さな看板をプレハブの事務所に貼って意気込んでいたものの、看板を出したくらいで、新しい土地で、すぐに仕事があるわけではない。だからまずは建窓業の経験を生かし、網戸の張り替えからはじめることにした。

大きな一軒家から団地の集合住宅まで、一軒一軒、ピンポンと玄関ベルを押し、注文を取って回った。毎日地道に続け、多いときには一日二〇〇軒を回った。注文が取れると、一枚二〇〇〇円で網戸を張り替えた。

そのうちに、外構工事もはじめた。建築中の家を見つけると、看板に書いてある建築主の名前をメモし、電話帳で電話番号を調べ、「外構工事をさせてください」と営業の電話をかけた。当時は個人情報保護法などはなかったから、役所で建築中の家主の住所を調べ、直接訪ねて行って営業をすることもできた。

外構工事の仕事が取れると左官屋さんを雇った。たまに雨どいの修理などを依頼されると、実家の建窓業で身につけた技術で自ら修理した。リフォームの注文が取れれば職人さんを雇った。自分が雇った左官屋さんに一年くらい弟子入りをし、左官の勉強もした。

なかなか注文が取れず、くたくたになって意気消沈しながら事務所へ戻った日に、三〇〇〇円でつくった看板が、だらーんと垂れ下がって落ちかかっていたことがあった。両面テープで留めているだけだったので、よく落ちかかっていたのだ。

強い西日を浴びて傾いている看板を目にするたびに、ああ、こりゃダメかなあ、難しいかなあと、現実の厳しさを実感し、彼もがっくりと肩を落としていた。

しかし、「福徳」という名前が効果を発揮してくれることがよくあった。小さなころから「福徳」という名前が嫌いで、「ヒロシ」とか「タカシ」とかスマートな三文字の名前に憧れていたのだが、営業に回る中で「あなたに仕事を頼んだら幸せになりそうね」などと言ってくれる人がけっこういた。名前のおかげで注文が取れ、だんだん「福徳」という名前が好きになってきた。

また、福徳が話す「千々石弁」に親しみを覚えてくれるお客さんもいた。どこから出て来たのかと聞いてくれて話が弾み、注文をもらえることもあった。このためではないが、いまだに福徳からは千々石弁が抜けないでいる。

広報活動も一人で頑張った。

朝、諫早駅から電車に乗って出勤する人に、手づくりのチラシを渡すことを思いついたが、配っていると、すぐに駅員さんから叱られた。

横のつながりをつくろうと、諫早市の青年部に入った。夜、寄り合いの帰りにタクシーに乗り、運転手さんに「ヤベホームの近くまでお願いします」と伝える。誰もヤベホームなんて知らないから、当然のように「それはどこですか?」と聞かれる。

「ほら、あそこの交差点を左に曲がったところです。あ、あそこです。この会社、住宅のリフォームとか、いろいろされてるみたいです。評判がいいらしいですよ」

そんな風に、近所に住んでいる住民のふりをして、ヤベホームの良い噂を流した。

福徳は、経営能力がないことを自覚していたので、松下幸之助の著書『素直な心になるために』を読んでいた。しかし本を読んだからといって、すぐに経営の知識が身につくはずもない。無知であるということは怖いものがなかったということでもあり、よく大失敗もした。

リフォーム工事をしていて、雨どいの水をそのまま下水管のマンホールにつないだら、水道局から怒られた。電源を切らずに電気工事をしていたら、バーンとショートして、お客さんにすごく迷惑をかけてしまった。

町内会の寄り合いで、御神輿（おみこし）の進行について話し合っていたときに、「ごしんこうの通り道は」と言ってびっくりされたこともある。「老舗」を「しにせ」と読めずに、長いこと「ろうほ」と読んでいた。

そんなこんなで、福徳はいろんなことにめげながらも、自分の無知と至らなさを素直に認め、とにかく一生懸命努力するという、謙虚で素直な気持ちを大事にしていた。

ヤベホームの設立当時
諫早市永昌町にて

福徳は夜、仕事を終えて、事務所にポツンと置いてあるソファに腰を下ろすと、ホッとした気持ちになった。

この町の人は誰も自分たちのことを知らないし、誰にも同情されることはない。

小さな1DKの家だけれど、ああ、ここは極楽だなあと思え、すこぶる快適だった。

とはいえ、古い家だから、いろいろと問題はあった。

二階の住人が箸を落としただけで、その音が一階に聞こえてくるような造りだったから、二階の住人が普通に歩いているだけで、いまにも天井が落ちてくるのではないかと思えるほどの大騒音になった。建物自体、シロアリにあちこちやられていて、いつかは壁が崩壊するだろうと思っていた。

水の美味しい島原半島の千々石町で生まれ育った福徳にとって、諫早の水道水を飲むことはきつかった。電車の「轟音」にも参った。耳を澄ますと波の音が聞こえるかのような静かな土地で暮らしていたから、駅前での生活に慣れるのが大変だった。

しかし、いつしかそんなことは気にならなくなり、家族三人で肩を寄せ合い、幸せに暮らしていた。

もうすぐ、二人目の子どもも生まれてくる予定だった。

＊

頑張っているお父さんへ

お父さん、毎日一生懸命働いてくれてありがとう。

お父さんもお母さんも、幸せそう。

もうすぐ美波（みなみ）ちゃんもやってくるね！

ただ、お父さん、ちょっと見栄を張り過ぎじゃないかな……。

そんなすごい車、必要なの？

ちょっとそこだけ心配しています。

*

千々石町から出てきた福徳には、自分が田舎者であるというコンプレックスがあったから、見栄を張って、大きなＢＭＷの車を買った。

古い小さな木造の事務所の前に、買ったばかりのＢＭＷを停めて、羽振りのよい振りをしていた。

身の丈に合わない不釣り合いな車だとわかってはいたが、そのころの福徳はとにかく自分を大きく見せたかったのだ。

再びの心の揺れ

そのころ清子は、よく肺炎を起こしていて、夜中に大騒ぎになることがあった。清子が無呼吸発作を起こすと、酸素ボンベと吸引器でしのいだ。しかし悪化すると入院となる。清子は、一年のうち半分くらいを病院で過ごしていた。

医者からは、この子を家で看るのは無理ですよと言われ続けていたが、彼は、施設に預けたらかえって長くは生きられないだろうと思っていた。

二四時間、三六五日、清子からは目が離せなかったが、妻は清子を手放さなかったし、福徳もそばにいてほしいと思っていた。

一番大変なのは妻だったが、妻は身重の身体で、清子のことを必死で守っていた。清子がよく笑ってくれるから、妻も福徳も頑張ることができた。

しかし、あまりにたびたび清子がひどい肺炎を起こすので、福徳はまた不安になってきた。

「この家には何かあるんじゃなかろうか」

彼は今度は家に問題があるのだと思い込んだ。

しばらくの間忘れていた祈祷師のことを思い出した。

再び祈祷師に頼ってみようと思った福徳は、一人の祈祷師に家を見てもらうことにした。

「なんか、そっちから霊気が……。うーん、隣の家の庭の井戸みたいなもんが……、それが……」

祈祷師がひどく深刻そうにそう言ったので、福徳は隣家の庭を覗き込んだ。すると、小さな六角形の屋根の下に、井戸らしきものがあるではないか！

あ、あれだ！　あれが井戸だ！　あの井戸のせいだ！　井戸から霊気が出ているんだ！

そう思った彼は、その夜、大家さんでもある隣家を訪ね、すみません、庭のあれは井戸ですかと聞いた。

「え、なんですか？」

大家さんは、夜遅くに深刻な顔をして訪ねてきた福徳を見て驚いていた。

「えっと、祈祷師がですね、あそこに井戸みたいなもんがあるって言うから……」

彼がそう言うと、大家さんは不審そうな顔をしながら、あれは井戸ではないと教えてくれた。

福徳が井戸だと思い込んでいたものは、隣家の家族が庭で食事をするときに使う丸いテーブルで、その上に屋根がかけてあったのだ。

それを知り、福徳は我に返った。

井戸ではないものを井戸だと思い込み、夜遅くに隣家を訪ねるなんて……。

自分がすっかりノイローゼ状態になっているのだということを自覚した。

再びの決意

その後すぐ、ノイローゼ状態から脱した福徳は、自分を信じ、再び前を向いていく。

一九八七（昭和六二）年、次女の美波が生まれ、矢部家はますます賑やかになった。

一九八八（昭和六三）年、「ヤベホーム」は「有限会社ヤベホーム」となった。

千々石町から出てきて二年、有限会社にするにあたり、福徳は会社のロゴを清子に選んでもらった。

といっても、印刷会社と一緒に考えた三つのロゴの候補を清子に見せて、どれがいいかと指を差してもらっただけだが、福徳にとって、会社は清子のために作ったものだから、五歳の清子が無造作に指差したデザインを、会社のロゴマークにすることにした。

福徳は、清子のために、仕事を成功させたいと思った。そして仕事を成功させて、社会貢献をしたいと思った。清子さんは大したもんやったねえと言われるよう、清子のために頑張ろうと思った。

そのころの福徳にとって、仕事にまい進する原動力は清子だったので、だんだん、清子が生まれてきたのは自分のためではないかと思うようになってきた。

清子はそのころ、養護学校や整肢療育園に通っていた。療育園では、看護師さんや介護士さん、幼稚園の先生など、たくさんの人たちの手を借りながら、日々楽しく過ごしていたようだ。

リハビリをしたり、歌をうたったり、昼寝をしたり、しばらく家族から離れた時間を過ごす清子が、園でどんな様子で過ごしていたのか、先生たちが書いてくれる連絡帳を楽しみに読んでいた。

その間も、清子は入退院を繰り返していたが、どんなことがあっても清子が笑顔を絶やさないので、この子はすごいなあと、彼は清子を尊敬するようになっていた。

諫早市の整肢療育園で
訓練中の清子（5歳）

仮死状態で生まれてから、すぐに死ぬかもしれないと言われていた我が子が、障がいや病と闘いながら笑って生きている姿を見ているだけで、本当に心から幸せだった。

福徳はやっと、清子の障がいを受け入れることができたのだ。

「二分脊椎の会」

福徳はそのころ、「二分脊椎の会」に入っていた。

当時の長崎県では、一年に三、四人、二分脊椎症の子どもが生まれていて、二分脊椎症の子どもや家族たちが集まって、勉強したり話をしたりする「二分脊椎の会」があった。会には三〇名くらいの会員がいて、同じ障がいの子どもを持つ親たちと、同じ悩みを共有し、ときどきみんなでキャンプに行ったりもした。

ただ、二分脊椎症だけだとあまり命に危険はないらしく、清子の場合、水頭症と誤えん性肺炎の危険があったので、他の子よりもリスクは高かった。

「二分脊椎の会」の催しには、積極的に参加した。

あるとき、「二分脊椎の会」で文集を作ることになり、そこに寄せる文章を募集していたので、福徳は清子への想いを書いた。いまでもときどき、彼は自分が三〇歳のころに書いた文章を読み返し、あのころの気持ちを思い出している。

「清子がんばれ」

私の長女、清子は、昭和五八年六月二一日に、水頭症と二分脊椎症の障がいを持って仮死状態で生まれてから、今年の六月で六歳になります。

「はじめての我が子に、健康であれば男でも女でもよい、五体満足であれば何も望まないと願っていた私たちを、神様はそっぽを向いて暗闇に突き落としたのだ」と、清子が生まれたときの日記帳に記してあるように、それは思い出したくないような悲惨な生後でありました。

生後一年間くらいは、いろんな手術を受け、保育器の中で一〇本くらいの線とチューブでつながれて、まさに生きているというよりは、生かされているという状態でした。

そのうえ四か月のころ、ミルクを誤えんして気管と肺が悪くなって、口からミルクを飲めず、泣くとたんがつまり呼吸が止まるようになり、目を離せない状態が続きました。

現在も、いつ呼吸が止まるかわからないので、吸引器と酸素だけは準備しております。

また抵抗力が弱く、すぐ肺炎などを引き起こして病院へ入院するときが一年間のうち半分以上あり、いまも入院して妻がつきっきりで看護しています。

障がいがかなり重かったせいで、現在でもチョンコ（お座り）するのがやっとで、知能もかなり遅れており、わずかな単語をしゃべれるくらいです。

こんな清子ですが、生まれてから死と隣り合わせで、一生懸命頑張って現在まで生き抜いている我が子を、私は誇りに思っております。

将来のことなどを考える余裕はなく、ただいまは清子の笑顔だけで大満足の日々であります。

私は、清子が生まれてから二、三年は、人を恨んだり悲観的になったり、悪いことばかり考え、現実から逃げたくて悩んでいましたが、どんなに苦しんでいても、いつも笑顔を絶やさない清子を見ているうちに、「清子を恨むようなことは絶対できない、清子がいたからこそ、こんなに良くなったという結果を出そう」と、一生懸命働くようになり、すべてに関して良い方向に進むように心がけるようになりました。

戦争もなく平和な世の中で、こんな経験は誰もができるものではない。若いとき、こんなに素晴らしい経験を与えてもらって、清子に感謝しております。逆境を乗りきる力、考え方の転化を教えてもらって……。

ただ、このように冷静に思えるようになるまでには、かなりの期間がかかったのは事実であります。

いまはただ、清子の笑顔を見ながら晩酌でもして、家族四人の楽しい生活ができる日が続くという、普通の家庭ではあたりまえのことが、私にとっての大きな夢でもあります。

（平成元年「二分脊椎の会」文集より）

ささやかな幸せのとき

福徳はとにかくがむしゃらに前を向いて頑張っていた。

会社の事務所は木造アパートの小屋のようなものだったから、事務所にお客さんを呼ぶことに抵抗があった。抵抗があったどころではない。自分からは絶対に、事務所で打ち合わせをしましょうなんてことは言わなかった。

たまに、お客さんから事務所で打ち合わせをしたいと言われると、

「あ、いまちょっと事務所は改装中なもんで、メーカーのショールームでの打ち合わせでもよかですか？」

などと言って逃げ回っていた。

そのくせ身の丈に合わない高級車を乗り回し、パパスなどの高級ブランドを身につけ、

カッコつけていた。

「ああ、人間って、人間ができてないときほど、見栄張ってカッコつけたがるとよね。ボロ家を見せたくないとよね、片意地を張っとるなあ」

福徳は、こんな風に、当時から自分のことを客観的に見る癖があった。

見栄を張ってカッコつけていることはわかっていた。

だが、それが仕事の原動力になっていることもわかっていた。

彼は諫早へ来てから付き合いのできた人に、清子のことを絶対に話さなかった。清子のことが恥ずかしかったのではない。清子のことで同情されたくなかったのだ。

同情されたってなんにもならない、同情されても前向きにはならない、と思っていたから、施設や病院で会う人以外、誰も彼に障がいのある娘がいることを知らなかった。


相変わらず清子は肺炎を起こして入退院を繰り返していたが、あるとき福徳はふと、肺炎の原因はこの家のカビのせいなのではないかと思った。

いまにも崩れそうなプレハブの家は、お風呂も台所もカビだらけだった。そんな中で小さな子どもを育てるのは健康に良くない。清子や美波、そしてもうすぐ生まれてくる三人目のために、いつか必ず、身体にやさしい、安心できる家を建てようと誓った。

そしてお客さんにも健康的な家に住んでもらいたいと、環境負荷の少ない自然素材で家をつくりたいと思った。住む家が、病気の原因になってはならない。安全で安心な家づくりを目指そうと思った。

一九九〇（平成二）年、清子が小学校へ入学した年、三女の花子(はなこ)が生まれた。矢部家はますます賑やかになった。福徳は三人のかわいい娘たちに囲まれて、大変ではあるが幸せなときを過ごしていた。

そのころの福徳は、清子にかかるお金について、よく考えていた。

清子が通っていた養護学校では、五人の子どもに対して五人の先生がついてくれていて、基本的にはマンツーマン。そこに、先生だけではなく介護や看護のスタッフもついてくれるから、たとえば学年に一〇人の生徒がいるなら、先生たちスタッフの数は、その倍の二〇人体制となる。

清子ひとりに、国や県からいくらくらいかけてもらっているのかと、よく計算をした。それは大変な額だった。だから彼は、医療費の負担など、国や県から恩恵を受けた分、いつか絶対に返さなくてはならないと固く決意した。将来会社を成長させ、その分を所得税として返そうと考えた。

たくさんの決意をしていた福徳は、娘たちのためにと、やる気満々で頑張っていた。

そして、三人の娘たちの安らかな寝顔を見ながら、ささやかに晩酌するのが福徳の至福のときだった。

しかしそんな夢のような時間は、長くは続かなかった。

一九九一（平成三）年二月、花子が生まれて四か月後、妻が心臓病で倒れたのだ。

第三章

離ればなれ——苦難、挫折

さらなる試練、そして愛

妻はすぐに心臓の手術をすることになったが、当時は長崎に執刀できる医師がいなかったので、佐賀医大に入院することになった。

妻の手術の日、福徳は人生最大の失態をおかしてしまう。

その日の朝、いつも乗っていた車を車検に出していたため、佐賀医大まで代車で高速道路を走っていたのだが、なんと、その代車がガス欠を起こしてしまった。いつもと勝手が違う車だったため、まだ大丈夫だろうと思っていたガソリンの残量が不足していることに気づかなかったのだ。

その日は土砂降りだった。止まってしまった車を降りて、近くの緊急電話のあるところまで走った。雨の中、高速道路上で止まってしまった車の中で、ロードサービスが助けに来てくれるまでの時間は、福徳には永遠にも思えた。

結局、一時間半遅れて病院へ駆け込んだときには、妻はすでに全身麻酔をかけられていた。妻は手を振ってくれたけれど、あとで聞いたら手を振ったことは覚えていなかった。しかし福徳が遅れてきたことは、いまも忘れていないようだ。福徳はいまでも、本当に申し訳ないと思っている。

妻が手術を受けている間、福徳と妻の双方の両親と話し合い、三歳の次女は妻の実家に、四か月の三女は福徳の実家に預かってもらうことになった。

そして清子は、長崎市にある一時預かり施設に空きが出るまでの間、生まれてからずっとお世話になっている大村市の国立病院の小児科に、一時預かりという形で入院することになった。

長時間に及んだ妻の心臓の手術は成功したが、快復までには長い時間がかかるということだった。

＊

ピンチに見舞われたお父さんへ

お父さん、お母さんが入院しちゃって、美波ちゃんも花子ちゃんもいなくなっちゃって、一人でとってもさみしいよね。

私はちょくちょく入院してたから、一人で病院にいても大丈夫、私のことは心配しないでネ!

ほら、お父さん、ピンチはチャンスって言うでしょ。

お父さんはいま、ピンチだけどチャンス!

とは言ってはみても、心配することがいっぱいで大変だよね。

そして私はこれから、お父さんにいっぱいお世話をかけてしまうことになるから、はじめに謝っておきます、ゴメンね……。

だけどお母さんは大丈夫だから。

みんな大丈夫だから。

つらいときはしっかり目を開けて、人との出会いを大事にしてくださいネ!

*

福徳は、諫早から高速道路に乗って二時間かけて、妻の入院先の佐賀医大まで通った。

その帰りに、やっと空きが出て清子を預かってもらえた長崎市内の養護学校併設の病院へ行き、清子の世話をした。

妻は徐々に回復していたが、手術後は大事をとらねばならない。次女と三女はそれぞれの両親が見てくれてはいるが、長崎の施設では、妻の体力が回復するまでという条件で清子を預かってもらっていたので、清子は当面、福徳一人で面倒を見なければならなかった。

彼はできるだけ一日二回、清子のいる養護学校併設の病院まで通っていた。仕事が多忙のときでも昼と夜の二回、無理なときでも必ず一回は出向いた。

清子の食事や下の世話、たんの吸引など、これまで妻がやっていたことを、妻の代わりに福徳が行った。

ミキサー食のごはんを、ゆっくりゆっくり食べさせる。歯を磨いてやり、排せつの手助けをする。排せつ器官の神経がないので、お腹を押して排せつを促し、出たらそれを片づける。

彼は、毎日それらのことをやっているうちに、妻の大変さを改めて身に染みて理解して感謝した。そして不思議なことに、自分の中に母性が芽生えてくるのを感じた。

清子がしっかりごはんを食べ終えると自分も満足するし、清子の排せつをきちんと済ませると自分自身もすっきりする。歯を磨いてやるのも楽しくて、うがいのできない清子が、ダラーッと口から水をこぼしている姿さえかわいくて仕方がなかった。毎日清子の面倒を見ることで、彼は、清子への愛しさを募らせていった。

絶望

清子の世話の中で、福徳には一つだけつらかったことがある。

それは、たんの吸引だった。吸引自体は、慣れるとなんでもないことなのだが、たんを出させることに苦労した。

清子には常に誤えんの危険性があるから、食事の前にたんをちゃんと出しきってから食べさせないといけない。だけど、たんはなかなか出ないのだ。本当につらかったけれど、彼はいつも清子を泣かせた。泣くと、たんが出る。それをすかさず吸引する。

福徳はほぼ毎日、無理やり清子を泣かせた。彼自身も心で泣きながら、必死でたんを吸引した。

静かな施設に、清子の泣き声が響くと、福徳が来ていることをみんなが知るくらい、彼の訪問は有名になっていた。

「あん父ちゃんが来たら、泣かせてからゲボゲボさせてから食べさすとばい」

みんなはきっとそう思っているに違いない、と福徳は思っていた。医師や看護師からも、そこまでしなくてもと言われたが、彼は神経質になっていて、「いえ、たんを出さないと誤えんしますから」と、必死になって清子を泣かせていた。

清子を死なせたくない、絶対に死なせない、という思いからやっていたのだが、だんだん清子を無理やり泣かせているという罪悪感に襲われるようになった。彼の責任感の強さがどんどん裏目に出てきて、だんだんと追い詰められていった。

彼は家族五人で暮らしていた家に帰り、いつも一人ぼっちでため息をついていた。

狭い家が、ひどく広く感じられた。

そのころには二階には一人暮らしの学生さんが住んでいて、毎夜、勉強をしているのか静かだったから、福徳は疲れ果てて一人でしんとした家にいると、またよからぬことを考えはじめた。

このままずっと家族が離ればなれになってしまうのではないか。仕事を頑張りたくても時間がとれない。そのうちに自分も倒れてしまうかもしれない。自分が倒れたら清子はどうなるのだろう。

——さすがに今度ばかりは、ダメかもしれない……。

今度の福徳は、世間を恨むのではなく、自分自身の運命を恨みはじめた。

どうして自分には、こんな試練のようなことばかり起こるのだろう。

もしかしたら、何かの罰なのではないだろうか……。

福徳は、子どものころにちょっとだけ友だちをいじめたことがあったのを思い出し、その罰かもしれないと思った。それから結婚前に付き合っていた女性たちのことを思い出し、彼女たちを傷つけた罰かもしれないと思った。

自分は知らない間に、たくさんの人を傷つけてしまっていたのかもしれない。もしかしたら自分は傲慢なだけの人間で、生きる価値はないのかもしれないと思った。

自分の身に起きる災いは、自分自身に原因がある。きっと自分はこれまでひどい行いをしていて、いまその天罰を受けているのだと思った。

彼は、自分のせいで家族に大変な思いをさせているのだと思い込み、ひどくいたたまれない気持ちになった。

（ああ、もう死のうかな……）

疲れ果てていた福徳は、死を意識するようになった。

清子を残しては死ねないから、清子と一緒に死のうと思った。

清子と自分がいなければ、やがて元気になった妻は、二人の娘と静かに暮らせるかもしれない。

彼は、清子を施設から連れ出し、一緒に死のうと考えた。どうやって清子を施設から連れ出そうか、そのことで頭がいっぱいになっていた。

神様のような人

ある日、彼は思い詰めながら清子の元へ行った。

清子を黙って連れ出す決意を固めていたのだが、たまたま清子はそのとき点滴を受けていて、すぐに連れ出すことはできなかった。

点滴が終わったら連れ出そうと、ベッド脇の椅子に座り、うつむきながらじっと待っていると、清子の隣のベッドにいる女の子の父親がやってきて、挨拶をしてくれた。はじめて会う人だった。

その人は、ベッドで眠っている一七歳の娘さんは脳性まひなのだと教えてくれた。

「奥さんはどちらに？」

と、福徳が聞くと、

「女房は逃げました」

と、その人は笑顔で言った。

その声の明るさに驚いて、福徳は思わず顔を上げた。

その人はあっけらかんと身の上話をはじめ、奥さんは、その人の両親から、「この子はうちの血じゃない」と言われ、逃げ出してしまったのだという。

障がいのある子どもを持つ親には、そんな経験をしている人がとても多い。子どもの障がいを、自分の家系ではないと思いたがる風潮がその当時はあったのかもしれない。

福徳は、その人の話を食い入るように聞いていた。

その人は、日雇いの土木作業の仕事をしていて、日当は六〇〇〇円。一人で脳性まひの娘さんをときどき見舞いながら、頑張って仕事をしているようだった。

その人は、太陽のように明るかった。

信じられないくらい穏やかで、朗らかで、いまの生活を苦労とは全然思っていないようだった。

その人の話を聞きながら、福徳は自分を恥じた。

自分より大変な境遇の人が、こんなに明るく生きているのに、清子と一緒に死にたいなんて思ってしまった自分を反省した。

自分は自営業をしているから、時間の都合をつけることができる。下の娘たちは、双方の両親が世話をしてくれている。福徳は、自分の運がいいことに、ちっとも気づいていなかったのだ。

その人の笑顔につられて笑っているうちに、彼は、死にたいなんて思っていたことをすっかり忘れた。

点滴を終えた清子の笑顔を見て、幸せな気持ちを思い出した。

自分の愚かさ、未熟さを受け入れた瞬間だった。


そのあとも何度かその人に会った。

いつも、その人から勇気をもらっていた。

素晴らしい人だった。いつも底抜けに明るかった。

彼は、あとになってその人のことを思い出すたび、きっと神様が巡りあわせてくれたんだろうと思った。もしかしたら、その人こそが神様だったのかもしれないとも思っている。

それからの福徳は、周りの人を見るようになった。

お見舞いに来ているのは母親が多かったが、母親たちは、自分の子どもの障がいのことを話題にすることが多く、たまに父親と会うと、父親たちは、障がいの子どもたちの未来について話すことが多かった。

福徳は、施設のスタッフや、清子が施設から通っていた併設の養護学校のスタッフたちに頭が下がった。彼らこそ、神様のようにも見えた。

彼は、いつも清子が入院していた国立医療センターの医療スタッフの必死さや素晴らしい献身に、常に感動していたはずなのに、つい目の前の自分の大変さに囚われてしまい、肝心な感謝の気持ちを忘れていたことに気がついた。

義父のひとこと

福徳は、やる気を復活させた。

そのころに一番助かったのは、義理の父からのサポートだった。

妻の実家は建設業をやっていて、大変な状況の福徳に、義父がリフォームの仕事などを回してくれた。義父は、やる気だけは満々の福徳をフォローしてくれた。

そのうち義父は、親戚の家の新築工事や、大きな会社の社宅の仕事などを紹介してくれるようになり、福徳は発奮した。

義父が紹介してくれる大きな仕事に一生懸命取り組んでいたら、少しずつ仕事が増えはじめ、いい流れができてきた。すぐに軌道に乗ったわけではないが、無借金でやるという初志を貫きながら、とにかくがむしゃらに頑張った。

義父が仕事を回してくれたことで、のちに新築事業に進出する足掛かりができた。いまでも義父には本当に感謝している。

義父は普段から口数の少ない人だったが、そのときはじめて福徳に言った。

「おまえは大変にゃあ〜」

思っていることを言葉にすることがほとんどない義父の口から、思わず出てきたような言葉だったので、福徳はびっくりした。義父は心の底からそう思っていたのだろう。義父のひとことは福徳の心に染みた。この人はわかってくれていると思え、本当に嬉しかった。

文集への寄稿、再び五人家族

福徳が、「二分脊椎の会」の文集にはじめて文章を寄せてから五年後、三五歳になった福徳は、再び文集に想いを寄せた。

養護学校併設の病院に
一時預かり時期の清子

「障がいを持つ子の父親として」

それは一昨年の二月のことでした。清子の笑顔を見て晩酌をし、家族五人で楽しく暮らす私の夢が、やっと実現した矢先のことでした。妻が、心臓病で倒れたのです。

それからというもの、三歳の次女は妻の実家、生後四か月の三女は私の実家に預かってもらい、清子は一時預かりの施設が空くまで、生まれてから半年以上お世話になっている国立中央病院小児科に、一時預かりという形で見てもらうようになり、清子の食事や下の世話、無呼吸発作の処置など、妻がすべてやっていたことを、私がやらなければならなくなりました。食事の世話と下の介護に通う日が続きました。

呼吸器でよくたんを引いてから、食事は小さく砕いてから軟らかくし、ゆっくり食べさせて、そして、おしっこと便を出してやることを繰り返すうちに、母親にしかわからない愛情があることに気づき、大変勉強になりました。

今年一〇歳になる清子は、現在、妻の体力が回復するまでという条件で、国立療養所長崎病院の施設と養護学校にお世話になっております。妻も術後二年が経ち、体調もだいぶ良くなって、週に二、三度、清子のところへ面会に行っています。

清子に、妻に、いろんなことがあった一〇年でしたが、そのたびに、どんなことにも負けない精神力と明るさが身についたような気がします。これもすべて清子のおかげだと感謝しています。

障がいを持つ子の父親として、我が子の価値を上げるためにも、一生懸命仕事をして、将来、わずかでも社会貢献できるように頑張りたいと思います。

こんな風に、立派なことを言うことは簡単ですが、いまだ七〇歳近いおふくろの肩を、素直に揉んでやれない自分自身のことを、情けなく思う今日このごろでもあります。

（平成五年「二分脊椎の会」文集より）

人生に吹っ切れて怖いものなしの頃
３人の娘と妻の実家にて

一九九三（平成五）年、妻の心臓の手術から二年が経ち、離ればなれになっていた五人家族が、やっと一緒に暮らせることになった。

いまにして思うと、福徳は清子の世話をすることで、妻の大変さを身に染みて理解し、清子への愛情を再確認することができた。大変な時期だったが、この二年間があったからこそ、自分の基礎ができたのだと確信している。

そのころの福徳が、やる気満々の顔をしている写真がある。人生で一番やる気に満ちていたころの写真を、彼はいまもときどき見返している。

お金もなく、仕事もそんなにあったわけではないけれど、いろんなことが吹っ切れて、いまに見ておれ、もう上を目指すしかないんだ、という心意気に溢れている昔の自分が、いまの自分にエールをくれる。

また一緒に暮らせる日々が戻ってきた矢部家の五人は、それからとても賑やかに幸せに暮らしていた。

そして森の中での出来事から

福徳は、自宅に戻ってきた清子に、外の空気を吸わせてあげたいと思い、ときどきドライブに連れ出すようになった。

ある日、機嫌のよかった清子がドライブの途中に泣き出して、チアノーゼを起こしてしまった。血中酸素が足りなくなって、顔色が悪くなってきた。

福徳は慌てて車を停めて、常備している酸素ボンベから、チューブで酸素を吸わせようとしたが、清子は鼻からチューブで吸うのを嫌がるので、なかなか酸素を吸ってくれない。酸素を十分に吸うことができないと、清子は低酸素脳症を起こして苦しんでしまう。

仕方なく、福徳は清子を抱いて、停めた車のそばの脇道から林の中へ入ってあやした。

すると、清子の顔に赤みが出てきた。

あれ？

彼が空を見上げると、頭上には樹々があった。たまたまそこは間伐された林の中で、辺り一面に、きれいな空気が満ち満ちていたのだ。

——そうか、新鮮な自然の空気でなら、清子はちゃんと息をしてくれるのか！

そのとき彼は、とても大切なことを発見したような思いがした。

それからもときどき、彼は清子をドライブに連れ出し、清子を車椅子に乗せ、きちんと間伐され手入れの行き届いた林や森の中を散歩した。

樹々の中では、光合成によって酸素量が多くなっているからか、清子は呼吸をするのがラクそうに見え、顔には赤みが差してくる。森林の中で、清子はほとんど泣かなかった。

清子は、身をもって、福徳に森の大切さを教えてくれたのだと思った。

やがて福徳は、このときの経験を原点に、森づくりプロジェクトを立ち上げることになる。森の大切さを知ることで、地球温暖化防止への意識が生まれ、今で言うＳＤＧｓやカーボンニュートラルへの取り組みへとつながっていく。

＊

やる気まんまんのお父さんへ

お父さん、私は森の中にいるのが大好きってことに気づいてくれた？
きらきらと光る木漏れ日。
太陽に向かって伸びているちっちゃな芽。
のびのびとした緑色の葉っぱたち。
私は森の中にいると、とっても元気になれるのです。
もしかしたら私は森の妖精なのかもしれないネ！
ああ、みんなで一緒に暮らせるのってホントに楽しいネ。
しばらく会えなかったから、美波ちゃんも花子ちゃんもおっきくなっててびっくり。
お母さんはちょっと痩せちゃったけど、相変わらずの美人だよネ！

第四章

清子は人気者——目標の一次通過点

いたずらっ子、清子

清子は、いつも矢部家の主役であり、ムードメーカーだった。

一〇歳になった清子の知能は、二、三歳程度だろうと言われていて、わずかな単語を話せるくらいだったが、なかなかに面白いことを言う娘だった。家族の誰かがチョンボをすると、すかさず「ばーか」と言って、みんなの笑いを誘っていた。

はじめてしゃべった言葉は、他の子どもと変わらないママとパパで、いつのまにか、福徳のことはお父さんと呼んでくれるようになり、「どっか、行く」というのは、どこかへ連れて行ってほしいということだったから、福徳はドライブへ連れて行ったりしていた。

話せる言葉は二音節くらいで、うまくしゃべることはできなかったけれど、電話を取るのが大好きだった。鳴ってもいない電話を取っては、電話で話している真似事をしていた。

清子は出かけるのも好きだった。車椅子で散歩に行ったり、ライオンズクラブの人たちに牧場に連れて行ってもらって馬に乗ったり、養護学校では遠足や修学旅行に行き、夏祭りには浴衣を着てはしゃぎ、家族でときどきカラオケにも行った。

泊まりがけの家族旅行は無理だったが、清子の体調と天気を見て、よし、今日は出かけようと、突然その日に決めて、ドライブして遠出したり、遊園地へ行ったりした。

みんなで暮らしはじめて二、三年のころは、清子はまだ入退院を繰り返していたが、一二～一三歳のころから体調が安定してきた。無呼吸発作を起こすことも少なくなり、下の娘たちも小学生になり、三人でよく一緒に遊んでいた。

福徳は、娘たちの笑顔を見ながら晩酌をするのが一番の楽しみだった。

矢部家の五人には笑顔が絶えず、楽しい思い出がたくさんできた。五人家族は、賑やかで楽しい時間を共有した。

一番元気なころのいたずらっ子の清子

清子は、一人で車椅子に乗ることはできなかったが、ベッドから自力で下りて、ずるずると這っていって、テーブルの縁に手をかけて這い上がり、テーブルの上の食器をよく床にぶちまけていた。テレビのチャンネルを変えることはできなかったが、いつもテレビの前に陣取り、妹たちが観ている番組を、テレビ本体のスイッチを使ってガチャガチャ変えるいたずらをした。

これがもし、非行に走っての行為だったら怒ることもできるが、清子がやるのはただのいたずらで、構ってほしいからで、福徳も妻も妹たちも、怒りながらも大笑いしていた。

どこで覚えてくるのか、清子は妹たちと喧嘩をすると、「ばか」「あほ」「ちんどんや!」などと言い、面白いことを聞いたときには、「ウケるって~」と言いながら手を叩いて大笑いしていた。母親のことをふざけて「おばちゃん」と呼んでみたり、みんなが話している途中で、「ウソッ!」という合いの手を入れたりするので、みんなでよく笑っていた。

窓の外から子どもたちの声が聞こえてくると、窓際にあった一メートルくらいの高さの棚に自力で登り、上半身を棚の上にのせ、下半身をぶらぶらさせる格好で、頬杖をつきながら、子どもたちが遊んでいる様子をいつまでも眺めていた。

大切な息抜き

清子が中学生になり、高校を卒業するころまで、穏やかな日々が続いていた。福徳は仕事に専念することができたから、事業は順調に拡大していった。

心がとても穏やかだった。福徳の心が安定していたのは、ちゃんとバランスを取っていたからというのもある。

彼はそのころ、四六時中清子のことばかり考えていたわけではない。

清子のことばかり心配していると、少し気が滅入ってくることもあるので、そんなときは夜、外へ飲みに行ったりもしていた。仕事終わりに突然、諫早駅からそのまま福岡まで行き、中洲で飲んだこともある。中洲の屋台で、見知らぬ人に身の上話を聞いてもらった。昔、いきなり飛行機に乗って東京へ行っていたときのように、彼は遠くへ行くことで、何かをリセットしていたような気がする。

出張へもよく行っていた。定期購読していた経営誌や住宅コンサル会社などから送られてくる勉強会の案内を見て、東京や大阪などへもよく出かけていた。経営の勉強から木材の勉強まで、たまに契約の仕事もあり、飛行機に乗って出かけるのは楽しかった。

出張先でも飲みに行き、知らない人に身の上話を聞いてもらい、地元では吐けない弱音を吐き、日々のストレスを発散していたような気がする。

毎日幸せに暮らしていても、遠くへ行く飛行機に乗れると思うと嬉しかった。出張の日を楽しみにがむしゃらに仕事をして、ふうっとため息をつきながら飛行機に乗ると、一瞬だけすべてのことを忘れるが、出張先の空港に着いた瞬間に、清子に会いたくて会いたくてたまらなくなって、今度は早く帰りたくてしょうがなくなった。

一五周年記念式典、清子からの花束

突然の良い話が入ってきた。諫早へ出てきてから一五年間住んでいた事務所兼住まいと土地を購入できることになったのである。彼は、清子のために、エントランスから車椅子でそのまま家の中に入れる、エレベーターつきの三階建ての家を建てることにした。

一階が新社屋で、二階と三階が自宅。自分でも驚くほど、立派な建物ができ上がった。落成式は、清子が高校を卒業する直前の二〇〇二（平成一四）年一月二六日と決めた。この日は仏滅の三隣亡で、パーティを行うにはお日柄が良くなかったのだけれど、福徳はあえてこの日を選んだ。それは、どん底から這い上がってきた福徳の、常にマイナスからスタートしてきたことから身についた癖のようなもので、これ以上は悪くならない、ここからは上昇するのみという意味があった。

落成式は、ヤベホーム設立一五周年記念と併せ、諫早駅近くのホテルで行った。お世話になっている業者さんや職人さんなど、たくさんの方々を招待した。

福徳が、ここまでやってこられた感謝の言葉を述べたあと、次女の美波が押す車椅子に乗った清子が会場に登場し、花束贈呈をしてくれた。

これまで清子の存在を知らなかった人たちは、車椅子の清子を見てとても驚いていたようだが、みなさん割れんばかりの拍手をしてくれた。

その瞬間の福徳の幸せな気持ちといったら、例えようがないくらいだった。

清子のことを隠していたわけではない。ただ、同情されるのが嫌だったから、妙に頑なに清子のことを誰にも言わないでいたのだが、そのパーティで清子の存在や、清子のために頑張ってきたことを知ってもらい、出席者の方々から同情ではなく祝福を得られたような気がして、感無量だった。やっと一つの目標を達成できたような気がしていた。その日の夜は、本当に、信じられないような幸福感に包まれていた。

2002年、建て替えた最初の社屋兼自宅
（諫早市永昌町）

やさしい人々に包まれて

二〇〇二（平成一四）年三月、長崎県立諫早養護学校を卒業した清子は、四月から小長井町にある「みさかえの園」に通うことになった。

「みさかえの園」とは、社会福祉聖家族会が運営する障がい者支援施設で、それまでも清子は、養護学校の夏休みや春休みなどにときどき通所で通っていたことがある。

ここは、もともとは長崎に原爆が落とされたあと、長崎市内にあふれた原爆孤児や戦争孤児を助けるために尽力していた聖母の騎士修道女会のシスターたちが立ち上げた施設である。やがてそれが大きくなり、「みさかえの園」となり、自然豊かな小長井町に移ってきたそうだ。

玄関や廊下に、やさしい顔の聖母像があり、スタッフの方々も、穏やかで素晴らしい人ばかりだった。

神様のみさかえ（栄光）を表し、障がいのある方々と共に歩む理想の園にしたいという理念を掲げていて、その理念が、スタッフ一人ひとりにまで共有されていた。

清子は、「みさかえの園」のスタッフにも本当にかわいがってもらった。

音楽を聴いて踊ったり歌ったり、桜を見に行ったり、夏祭りで御神輿を引っ張ったり、落葉の上を散歩したり、芋掘りをしたり、節分には豆まきで大騒ぎ。

清子は友人たちととても楽しく過ごしていたようで、スタッフの方々は、清子の写真をたくさん撮ってくれて、福徳たち家族は、その写真を見るのを楽しみにしていた。

二〇〇三（平成一五）年八月二日に、社名を有限会社ヤベホームから、ヤベホーム株式会社へと変更した。

福徳が、新築した家で過ごす時間で一番好きだったのは、朝風呂の時間だった。

毎朝、大きな湯船の中で仕事の計画を考えながら、のんびりと一時間半くらいお湯に浸かっていた。お風呂の中に、清子がリビングでテレビを観ながら笑っている声が聞こえてくる。その穏やかな朝の時間が、彼の至福のときだった。

今日も清子が生きている。

今日も一日頑張るぞ。

何もかもが順調に進んでいた。

社会貢献へ向けて

そのころ、長崎をホームタウンとするサッカークラブ「V・ファーレン長崎」から、「選手を二人雇ってもらえないか」という相談があった。まだJリーグにも加盟できていないころだったので、アマの選手たちは生活費を稼ぐ必要があった。

スタジアムの広告看板へのオファーもあり、広告も出したが、それと同時に福徳は、当時としては珍しかったパテントを取ることにした。

「V・ファーレンハウス」と名づけた規格住宅でパテントを取り、その家を二人の選手たちに売ってもらうことにしたのだ。サッカーチームの名のついた住宅を、そのチームの選手たちが営業するという仕組みは珍しかったので、テレビ局から取材が来た。

二〇〇六（平成一八）年六月に、長崎で頑張る人を紹介する「ビタミン」というテレビ番組で、「V・ファーレンハウス」への取り組みの様子が流れ、そして、なぜそのような社会貢献をしようと思ったのかという問いに、理由として清子のことを挙げたので、番組では、福徳が清子を施設の送迎バスに乗せている映像も流れた。父娘はじめての共演だった。

福徳はこれから、社会貢献をどんどんやっていこうと思っていた。

しかし、そのころから清子は少しずつ弱っていった。呼吸停止が頻繁に起こるようになっていた。福徳も妻も心配で心配で、眠れぬ日々が続いた。

その年の一二月一〇日、ついに清子は意識を失い、諫早病院へ運ばれた。二三歳の冬だった。

福徳は、大声で清子に呼びかけた。

「清子、清子、頑張らんばよ、清子、清子……」

ここから、清子と福徳の四四〇日間の闘いがはじまることになる。

第五章

もう一度笑顔を――別れのとき

清子の入院、家族の想い

清子の状態が急変して入院したことで、福徳たち家族は、それぞれが自分のせいだと自分を責めていた。自分がもっとちゃんと清子の状態を見ていれば、自分がもう少し清子のことを気にかけていたら、自分がいつも清子のそばにいれば……。

誰もがそう思っていて、それぞれが、それぞれの姿を見ながら、それぞれに思い詰めていた。

清子は二〇歳ごろから少し体調を崩しはじめ、常に鼻に酸素のチューブをつけていたのだけれど、いつもそれをとても嫌がっていて、よく勝手に外していた。清子のチューブを自分につけてみた妹たちは、鼻がむずむずして気持ちが悪い、自分のリズムで呼吸ができないから苦しいと言っていた。

清子がこっそりチューブを外してしまうと、呼吸がうまくできなくなり、チアノーゼを起こすので、清子がチューブを外して苦しそうになったときには、誰かが飛んで行って清子にチューブを装着し、酸素レベルを最高まで上げていた。

その一連の動作に「慣れ」ができていて、その慣れが、清子の急変の原因になったのではないかと、家族の誰もが、慣れてしまった自分のことを責めていた。
家族はみんな、清子との別れのときが迫っているのはわかっていたが、意識のない状態でも、清子にはずっと生きていてほしいと願い、でもその願いが清子を苦しめるのだろうとも思っていた。

そのころ福徳は笑顔を失った清子を見るたびに、夏川りみさんの「涙そうそう」を毎日口ずさむようになった。

＊

古いアルバムめくり　ありがとうってつぶやいた
いつもいつも胸の中　励ましてくれる人よ
晴れ渡る日も　雨の日も　浮かぶあの笑顔
・・・・・・・・・・・・・・・
君への想い　涙そうそう

意気消沈しているみんなへ

お父さん、お母さん、美波ちゃん、花子ちゃん、心配かけてゴメンね……。

私はいま、嫌いだったチューブから酸素もちゃんと吸ってるし、お医者さんや看護師さんたちに見守ってもらってるから大丈夫だよ。

誰のせいでもないから、みんな自分のことを責めないでね。

美波ちゃん、せっかく福岡の学校で勉強してるのに、何度も帰ってきてくれてありがとう。

花子ちゃん、高校受験で大変なときに、こんなことになってゴメンね。

お母さん、お母さんはまた大きな病気をして、入院して手術をして、やっと元気になってきたのに、また心配をかけることになって、本当にゴメンなさい。

毎日毎日会いにきてくれてありがとう。

それからお父さん！

天国に昇りかけている私を呼び戻してくれてありがとう。

お父さんの「ガンバレー」の大声にびっくりして、心臓が動き出しました。

どうやら私は、お父さんといつも一緒にいるみたいな感じがします……。

私はお父さんの目を通して、お父さんの耳を通して、世の中のことを感じているような気がするんです。

今は何とか意識が戻るように頑張りますので、

お父さんも私の目になって、頑張って下さい。

＊

福徳と妻は毎日、意識の戻らない清子に会いに行った。

そのころの福徳は、なぜか感性の豊かな詩人のようになっていて、子どものころから国語も音楽も苦手だったのに、突然歌をつくったりもした。不思議と天からメロディが落ちてきて、そのメロディに、すらすらと言葉をつけることができたのだ。

なぜ自分に歌がつくれるのか、さっぱりわからなかったけれど、福徳がつくる歌は悲しい歌ばかりだった。

清子が入院していた間、福徳がつけていた日記には、五七五のフレーズが並んでいる。

季語のない俳句のようなフレーズが、勝手に口に浮かんできて、彼はこぼれ落ちてくるその言葉を拾い集めていた。

意識のない清子との時間の中で、それだけが心の支えだったのだ。

福徳の日記より

二〇〇六（平成一八）年一二月一〇日（日曜日）

清　危篤　夢か現か　冬の夜

午後五時、清子が意識を失って運ばれていた諫早の病院から、清子の心臓が停止したという連絡があり、三女と駆けつける。病院へ着いたときには、医師、看護師五、六名が清子を取り囲み、心臓マッサージ中だった。一〇分間くらい停止状態だという。私は腰抜けになり現実を認識できない。

清子の耳元で、「清子ー、頑張れー」と何度も大声で叫ぶ。

一分後、清子の心臓が動き出した。奇跡が起きたと思った。清子はすぐに大村の国立医療センターへ運ばれた。

二〇〇六（平成一八）年一二月一三日（水曜日）

絶望と　医師の宣告　ともに泣き

担当医から「二～三日が山でしょう、覚悟をしていてください」と、絶望の宣告があった。

「この子は私の人生そのものなんです」と泣き崩れる私を見て、先生は一緒に泣いてくださった。こんな医師がいるのかと感動しながら、また涙がこぼれ落ちる。

二〇〇六（平成一八）年一二月一八日（月曜日）

さびしさや　君の声なき　朝の風呂

私の習慣である朝六時半から八時くらいまでの長い朝風呂。リビングから清子の声を聞きながら、仕事の計画などを考えるときが、私の一番落ち着く時間だった。しかし、一二月一〇日以降、それはなくなってしまった……。

二〇〇六（平成一八）年一二月二二日（金曜日）

長い夜　心も暗い　冬至かな

一年で一番夜が長い日。

清子がいない自宅はとても寂しく、心が暗くなってくる……。


二〇〇六（平成一八）年一二月二八日（木曜日）

悲しさや　汗でごまかす　涙かな

男は人前で泣かないものだ。そう思っていても、涙は勝手に流れてくる。

だから私は、泣きたいときはサウナに行く。汗で涙がごまかされるから、サウナにいるのは好きだ。

ああ、近ごろはサウナにばっかり行っている……。

二〇〇七（平成一九）年一月二日（火曜日）

初夢や　さめてくれるな　笑う君

初夢は、清子とドライブする夢だった。夢の中に、楽しそうに笑う清子が出てきた。
でも、目が覚めると、清子のいない朝だった。
ああ、夢に戻りたい……。

二〇〇七（平成一九）年一月六日（土曜日）

みさかえの　声のはげまし　いとうれし

清子がお世話になっていた「みさかえの園」の職員さんたちが、ボイスレコーダーを持ってお見舞いに来てくれた。ボイスレコーダーには、職員のみなさん方からの清子へのメッセージが入っていた。早速清子に聞かせる。みなさんからの清子への励ましの声のやさしさに、とても心を打たれる。嬉しさと悲しさとが交錯して胸が詰まる。

二〇〇七（平成一九）年一月七日（日曜日）

清はどこ　灯りをさがす　空の窓

東京出張の最終便で長崎空港への着陸時、国立医療センターの灯りが飛び込んできた。
清子のいる四階の灯りをさがす。
あぁー、清子はあそこにいるんだなぁー。

二〇〇七（平成一九）年一月二〇日（土曜日）

つらいほど　笑いをさがす　重き部屋

清子が入院している部屋は、重症患者が入っている四人部屋。
付き添いの親や看護師さんたちともよく会話をするようになった。お互いに気を遣いな

郵便はがき

料金受取人払郵便

新宿局承認

2524

差出有効期間
2025年3月
31日まで
(切手不要)

160-8791

141

東京都新宿区新宿1－10－1

(株)文芸社

愛読者カード係 行

<table>
<tr><td>ふりがな
お名前</td><td colspan="3"></td><td>明治　大正
昭和　平成　　年生　歳</td></tr>
<tr><td>ふりがな
ご住所</td><td colspan="3">□□□-□□□□</td><td>性別
男・女</td></tr>
<tr><td>お電話
番　号</td><td>(書籍ご注文の際に必要です)</td><td>ご職業</td><td colspan="2"></td></tr>
<tr><td>E-mail</td><td colspan="4"></td></tr>
<tr><td colspan="3">ご購読雑誌(複数可)</td><td colspan="2">ご購読新聞
新聞</td></tr>
<tr><td colspan="5">最近読んでおもしろかった本や今後、とりあげてほしいテーマをお教えください。</td></tr>
<tr><td colspan="5">ご自分の研究成果や経験、お考え等を出版してみたいというお気持ちはありますか。
ある　　ない　　内容・テーマ(　　　　　　　　)</td></tr>
<tr><td colspan="5">現在完成した作品をお持ちですか。
ある　　ない　　ジャンル・原稿量(　　　　　　　　)</td></tr>
</table>

書　名				
お買上 書　店	都道　　　市区 府県　　　郡	書店名	書店
		ご購入日	年　　月　　日

本書をどこでお知りになりましたか?
1.書店店頭　2.知人にすすめられて　3.インターネット(サイト名　　　　　)
4.DMハガキ　5.広告、記事を見て(新聞、雑誌名　　　　　)

上の質問に関連して、ご購入の決め手となったのは?
1.タイトル　2.著者　3.内容　4.カバーデザイン　5.帯
その他ご自由にお書きください。
(　　　　　)

本書についてのご意見、ご感想をお聞かせください。
①内容について

②カバー、タイトル、帯について

弊社Webサイトからもご意見、ご感想をお寄せいただけます。

ご協力ありがとうございました。
※お寄せいただいたご意見、ご感想は新聞広告等で匿名にて使わせていただくことがあります。
※お客様の個人情報は、小社からの連絡のみに使用します。社外に提供することは一切ありません。

■書籍のご注文は、お近くの書店または、ブックサービス(0120-29-9625)、セブンネットショッピング(http://7net.omni7.jp/)にお申し込み下さい。

がら、なるべく明るい話題をさがし、ちょっとしたことでも笑い合う。
そうでもしなければやってられないよなぁ。本来、人間は楽しいことが好きなんだよなぁ……。

二〇〇七（平成一九）年一月二五日（木曜日）

やさしさや　いつも手を振る　白い友

病棟の看護師さんの中に、私の中学時代の同級生がいた。
彼女はいつも笑顔で手を振り、私にやさしく話しかけてくれる。
それがとてもありがたくて、心が落ち着いてくる。

二〇〇七（平成一九）年二月二八日（水曜日）

またひとり　おびえる心　重き部屋

清子のいる四人部屋の一人が亡くなった。

清子が入ってから三人目である。

次は清子かな……、そんな考えたくないことが一瞬頭をよぎり、怯えてしまう。

強い自分と弱い自分が自分の中にいて、弱い自分が出てきたときは、とてもつらい……。

二〇〇七（平成一九）年三月六日（火曜日）

わがこころ　朝夕のかけ声　いと清し

病室に入って清子の顔を見たときは、朝夕、清子に声をかけ、反応を期待する。

期待はしても、清子の唇が動くことはないが、それでも私の心には、清子の声が聞こえてくる気がする。

「ガンバレ」と声をかけると、清子からも「ガンバレ」と返ってきているような感じがして、なんだかとても気持ちが清々しくなる。

そんなとき、やっぱり私はこの子によって生かされているんだなぁと思う。

二〇〇七（平成一九）年三月二〇日（火曜日）

アルバムに　あいたさつらさ　納戸かな

夜、自宅の寝室に入る手前に、清子のアルバムを置いている納戸がある。私はよく、夜寝る前に、納戸へ入って清子の笑顔の写真を見ている。笑顔の写真を心に焼き付けて、夢に出てきてくれるのを願っている。

夢に出てきてくれることもあるが、しかしそんな日は朝起きて、つらくて涙が込み上げてくる。

だから今夜も、しばし納戸の前で、入るか入るまいかと立ち止まっている。

二〇〇七（平成一九）年四月一八日（水曜日）

苦しさや　最後のキズに　想いけり

清子の気管切開の手術の日。

「手術は一〇分から二〇分で簡単に終わります」と担当医師から説明があった。

清子は、生後すぐから手術ばかりで、たくさん苦しい思いをしてきた。

でも、身体にメスを入れるのはこれで終わりだと思うと、嬉しさと悲しさが入り混じって複雑な気持ちになり、私の喉までが痛く苦しくなってきた。

「痛い思いばかりの人生だったね」と娘に謝りながら、「この苦しみを決して無駄にはしないからね」と言い、私の中の、強い気持ちを奮い立たせる。

ああ、清子が生まれてから二四年間、私はこういう考えで強くなってきたんだろうなぁ……。

二〇〇七（平成一九）年五月一六日（水曜日）

雨の夜　おもいで涙　窓ガラス

雨の夜、清子との面会後、病院にある図書室で、ひとりぼっちで過ごす。

図書室の大きな窓ガラスに、雨が打ちつけている。雨粒が、窓ガラスに何本も伝って落ちている。

私の頬にも、涙が伝っている。清子の思い出が、次々に浮かんでくる。涙が止まらないまま窓ガラスを見ていると、窓ガラスも一緒に泣いてくれているように見えた。

二〇〇七（平成一九）年五月二〇日（日曜日）

九二段に　心清まる　朝つとめ

毎朝、娘がいる四階まで、九二段の階段を上る習慣がついた。

階段を上っているときは、とても気持ちがよく、今日も頑張ろうと思うものだ。心が無になり、自分自身を好きになれる瞬間である。まるで朝の務めを行っている修行僧のように、私は今日も階段を上って清子に会いに行く。

ああ、清子は私にとって神様みたいなものだ。

二〇〇七（平成一九）年五月二二日（火曜日）

寝たきりの　背中をさする　心地よさ

毎朝、娘の背中をさすっている。

清子の背中が、寝たきりで焼けているような感じがして、自分自身も息苦しくなってくる。背中をさすってやると、娘の顔が気持ちよさそうになるような気がして、私も心地よくなってくる。清子と私の一心同体の瞬間である。

二〇〇七（平成一九）年六月二一日（木曜日）

みさかえの　笑顔のアルバム　いとうれし

今日は清子の二四歳の誕生日。

元気なころに通っていた「みさかえの園」の宮崎さんが、代表でお祝いに来てくれて、園で遊ぶ清子の写真をＤＶＤにまとめたものをいただいた。

清子が倒れてからは後悔ばかりの日々で、もっといろんなところへ連れていってやればよかったなどと思っていたが、ＤＶＤの写真を見ていると、たくさんの人たちにかわいがられていた清子の嬉しそうな姿があり、清子は園に行くのが本当に楽しみだったんだなあと思う。

それだけで少し心がホッとする。心温かい職員さんたちへの感謝の気持ちで胸がいっぱいになり、また涙が頬を伝う。

千の風　なぐさめだけに　聞こえけり

二〇〇七（平成一九）年八月一五日（水曜日）

いま流行っている「千の風になって」という歌。

私には、何回聞いても慰めの歌にしか聞こえない。家族の死が近づくものたちにとっては、心の準備ができ、悲しみの緩和剤となるとても癒される歌ではあるが、いまの自分には特効薬としての効き目はまったくない。

やがて清子からの千の風を受ける私は、これからどう生きていけばいいのか。

娘が生きた証を私がつくり上げ、社会へ貢献していくこと、これこそがこれからの私の人生の使命だと強く感じる。

二〇〇七（平成一九）年八月三〇日（木曜日）

岩松や　あなたを想う　月の夜

長崎からの最終電車。眠ってしまって諫早駅を通り過ぎ、気がついたら大村岩松駅であった。

慌てて飛び降りると、清子のいる国立医療センターに煌々と明かりがついていて、私を呼んでいるように見える。一瞬、夜中だけど娘を一目見に行こうかと思う。振り返ると東南の空に満月が出ていた。

よーし、今夜は月の中に清子を浮かべながら諫早まで歩いてみよう。

夜道を歩いているうちに、清子を想いながら見上げる満月が、涙でおぼろ月になっていった。

ああ、涙は枯れないものだ……。

二〇〇七（平成一九）年九月一八日（火曜日）

医療費に　新たな誓い　おもいけり

清子が入院してからの毎月の医療費。今日は明細をしみじみと見てみた。こんなに費用がかかり、そのほとんどを国から負担してもらっている。娘は生まれてからずっと社会にお世話になり、国からの援助で頑張ってこられたんだなぁと思えば、なんとか社会に恩返しをしなければといつも思うのだ。

そのためにもビジネスを成功させ、地域社会へ貢献していかねばならないと再認識した日であった。

二〇〇七（平成一九）年九月二八日（金曜日）

トラブルに　娘のちから　借りにけり

仕事で大きなトラブルが発生した。会社にかなりの損害が出る模様。こんな難問ははじめての経験。これも勉強と思い、解決へ向けて自ら行動する。

その結果、「災い転じて福」となり、すべてのことが丸くおさまった。

いつも仕事で悩んだり、問題が起こったときは、娘の笑顔を思い出している。そしてやる気をもらっている。私と娘の間には、不思議なつながりがあり、その絆には、計り知れないパワーが存在することを感じるものだ。

二〇〇七（平成一九）年一一月二八日（水曜日）

朝一の　光るくちびる　いとうれし

朝の面会のとき、娘の顔色が非常に良くて、突然意識が戻るような気がした。

深夜担当の看護師さんが、清子にリップクリームを塗ってくれて、少し化粧してくれていたみたいである。

毎朝来る私たちへ、スタッフの方々からの心遣いを感じ、嬉しい朝のスタートである。

二〇〇七（平成一九）年一二月五日（水曜日）

ありがたや　命をまもる　白衣かな

深夜勤務の看護師さんと、毎朝顔を合わせる。日勤後の同日深夜入りのシフトみたいで、ほとんどの看護師さんがぐったりしていて顔色が悪い。それでも元気な口調で夜中の娘の状態を話してくれる。

大村市の国立医療センターでの
440日間

仕事とはいえ大変だなぁと思う。特にＨＣＵ（高度治療室）の部屋は、重病の人ばかりで油断できない病棟だから、なおさら大変である。

二四時間、娘の命を守っていただいて感謝に尽きる。彼ら彼女らの深夜明けの車の運転がとても心配である。帰宅時、「事故のないように」と心から願う。

スタッフにとって働きがいのある楽しい医療現場。それは、患者の親族である我々が、スタッフに信頼と感謝の気持ちを持つこと。人と人のコミュニケーションがしっかりできていれば、トラブルもなくなるものだ。どんな仕事も同じである。

感謝の文集作成

福徳は、清子が入院している一年間に書いていたこれらの日記の文章に、たくさんの清子の笑顔の写真を添えて、一冊の文集としてまとめ上げた。タイトルは、

「またあの笑顔に逢えたなら――

国立長崎医療センターの一年間の想いを詩にのせて……」

出来上がった文集を、お世話になった病院のスタッフや、「みさかえの園」の方々に配った。あとがきに添えたのは、次のような文章だった。

あとがき

男は、大きな苦しみや悲しみを受けると、「その場から逃げるか、じっと我慢するか、世間を恨むか、折り合いをつけようとするか」などといった行動を起こすものである。

私は、二〇年前にその悲しみに折り合いをつけることを決意し、障がいを持つ娘の笑顔により心身ともに成長させてもらいました。

おかげさまでその後、次々と起こる「悩み」は、私にとって乗り越えなければならない「課題」に置きかえることで軽くクリアできるようになりました。

私の人生の師匠であり、神様であり、戦友のような存在であった娘が倒れてから、今日で丸一年になります。この一年間のそのときどきの想いを詩に込めて感謝したいと思います。

そして一日でも長く娘の手を握ることができたなら、この上なく幸せでもあります。

もし「またあの笑顔に逢えたなら——」……

二〇〇七（平成一九）年一二月一〇日

矢部　福徳

福徳が文集を完成させた二か月後の二〇〇八（平成二〇）年二月二二日夜、清子は、右目から一粒の涙を流しながら、静かに息を引き取った。

福徳にとって、清子が最後の入院をして亡くなるまでの四四〇日間は、自分との闘いの日々だった。ともすると、深い哀しみに呑み込まれて動けなくなってしまう自分と、清子が生まれてきたことに意味をもたらすために頑張ろうとする自分。

二つの気持ちの狭間の中で、天から落ちてくる言葉を拾い集めることで、辛うじて生きていたような気がする。

清子が亡くなる二か月前、文集完成と同じころに、福徳は「旅立ちの歌」をつくっている。そのころ研ぎ澄まされていた福徳の感性は、清子が亡くなる予感の中で、のちのちまで自分が歌い継ぐ、自分の歌をつくったのだ。歌には「清」の文字を入れた。

旅立ちの歌（作詞・作曲　矢部福徳）

海も月も星も　あなたの笑顔で光る
人の心もまた　清めてくれる
そんなあなたが　いま　旅立つのです
できることなら　すぐに　ついていきたい

花よ鳥よ風よ　あなたを呼んでほしい

そして私のそばで　ささやいてほしい
いつもあなたを　清く感じたいのです
できることなら　もう一度　抱きしめたい

愛を夢を幸を　あなたが教えてくれた
私の子どもで　本当によかった
いまはありがとうの言葉をささげたいのです
清く生きたあなたを忘れはしない

そんなあなたが　いま　旅立つのです
できることなら　すぐに　ついていきたい

そして、福徳は清子の亡くなる四〇日前の二〇〇八（平成二〇）年一月一三日に、夏川りみさんの長崎コンサートに出かけた。そして「涙そうそう」で間もなく来る清子との別れを穏やかな心で迎えることができた。

また、福徳の想いを察してかコンサート主催テレビ局の方が夏川りみさんの楽屋に行き、清子へサイン入り色紙を持ってきてくれた。翌日、病室の清子の枕元に、色紙とともに祈りを捧げた。

――もう頑張らなくていいよ――と。

第六章

清子との思い出——追悼文集より

さよならのメッセージ

私は、二四年前、身体に重度の障がいを持って生まれてくることになりました。

だから私は、こんな私を一番大事にしてくれる親を探しました。

そしてやさしいお母さんやおばあちゃんを選び、やがて二人のかわいい妹たちが生まれる予定の矢部福徳の長女として、この世に生まれることを決めました。

名前は、「清子」と命名してもらいました。

たくさんの人々の心を清めてほしいという願いがあったそうです。

でも私は、生まれてから病気や手術で病院暮らしが続き、みんなに大変迷惑をかけてしまいました。

お母さんは心臓を患って大手術をすることになりましたが、私をとっても大切に介護して育ててくれました。大好きなお母さん、一番感謝しています。

私にできることは、どんなに苦しくても、いつも笑顔でみんなを安心させることくらいでした。ゴメンね……。

でもお父さんは、「清子の笑顔があればなんでもできる。障がい者を抱えていてもやればできる」とやたら興奮して、二〇年前に千々石町から諫早に出てきて『ヤベホーム』という会社をつくってくれました。

お父さんは、「清子がいたからできたんだ」と私を持ち上げたかったみたいで、いつかビジネスを成功させて、地域社会に貢献するのが夢でしたね。

でもお父さんの夢がやっと叶いそうになったとき、私はこの世を去ることになりました。本当にとても残念ですが、私は天国でずーっと応援していますので、お父さん、いつまでも私をヨイショして下さいネ！

妹の美波ちゃん、花子ちゃん、歩けない私をいつも助けてくれてありがとう。あなたたちの花嫁姿を見たかったけど残念です。私の分まで生きて、お母さんを大事にしてください。

千々石のおばあちゃん、森山のおばあちゃん、私の入院中、いつも交代で看病をしてくれてありがとう。いつまでも長生きしてください。

それから養護学校の先生たち、「みさかえの園」の職員のみなさん、諫早病院、国立医療センターの先生、看護師のみなさん、大変お世話になりました。

そして最後にお母さん、二四年間いつもそばにいてくれてありがとう。ゆっくりと休むこともできなくて大変だったよね、ゴメンね……。私は、お母さんがいたからとても幸せな人生でした。

私は、お父さんとお母さんを選んで生まれてきて本当に良かったです。また生まれてくるときも、二人の子どもでお願いしますね。でも今度は、五体満足な身体で生まれてきて親孝行をいっぱいしますネ。

お母さん、悲しまないでください。私はいつもお母さんのそばにいますから。身体を大事にして、旅行もいっぱいして、楽しい人生を送ってください。

お母さん、二四年間、本当にありがとうございました。

みなさん、本当にありがとうございました。

平成二〇年二月二四日　矢部　清子

＊

清子の告別式の日、福徳は、自分が書いた清子からの手紙を、女性スタッフに代読してもらった。そして告別式の終わりには、清子へのありがとうの感謝を込めて、参列者全員から、大きな拍手で清子を見送ってもらった。

福徳はそのころ、清子のことで頭がいっぱいで、清子が生きた証を早く形にしたくて、清子への追悼文集をつくることを思い立った。葬儀から二か月くらい経ったとき、生前の清子がお世話になった人たちに、文集への寄稿をお願いする手紙を送った。

追悼文集執筆のお願い

拝啓

　貴家益々ご清祥のことと存じます。

長女・清子儀死去の節は、ご懇篤なるご弔慰を賜り、なお、格別のご芳志に与り、厚く御礼申し上げます。

　さて、このたび、清子の誕生から死去までの二十五年間を振り返り、障がい者を持つ父親の人生観や生命の大切さ、養護学校、通園施設、医療現場で働く人たちへの感謝などを綴った文集を出版したいと思っております。

　つきましては、生前の清子がお世話になった皆さまに文章を書いていただきたく、ご案内申し上げました。

　ご多忙とは存じますが、ご協力のほど、よろしくお願い申し上げます。

平成二〇年四月一三日

敬具

福徳が送った手紙に、たくさんの方が快く応じてくれた。みなさん忙しい方ばかりなのに、清子との思い出をやさしく書いてくれてありがたかった。

しかし当時の福徳は、清子への想いだけで先走っていて、お世話になった方々にお手間を取らせた挙句、文集を完成させることができなかった。自分自身を振り返ったとき、自分はまだ「半人前」にもなっていないことに気づき、せめて「半人前」になったときに、改めて文集を出そうと、当時は出版を断念したのだ。

いまやっと、半人前にはなれたと思う福徳は、当時寄稿してくれた方々（清子の妹の美波も含む）の文章をここにやっと掲載するのだが、改めて読むと、生前の清子に関わってくれた人々のやさしさと思いやり、そして福徳も知らなかった清子の姿が浮かび上がってきて、ありがたくて何度も読み返している。

*

「清！　清！」

矢部美波

平成一八年一二月一〇日のことです。

私は専門学校へ行くため、福岡に住んでいて、清が急変したときには学校の研修で東京にいました。

羽田空港で友だちと四人でお土産を選んでいて、ふと携帯電話を見ると、妹から何件もの着信とメール。

「なんか買ってきてほしいものがあるのかな」という感じでメールを開いたら、「清が急変した」の文字。

私はすぐに電話をかけました。

妹は泣きながら電話に出て、話せなくなって父か母に電話を代わりました。

そのとき、どっちに代わったのか、パニックで覚えていませんが、「いまは落ち着いたから安心しなさい」と言われ、そう言われても安心できるはずもなく、帰りの飛行機の中では清のことばかり考えていました。

福岡の家に帰って泣きじゃくり、それでも大丈夫、清はそんなにすぐに負けないだろうと強く思い、朝を迎えました。

しかしそれから数日後、昼休みに母に電話したとき、「帰ってこれんかな?」と言われました。検査で脳の状態が良くなかったのです。

私は泣きながら先生に話をして、すぐに電車で実家に帰りました。

窓から見える懐かしい景色を見て、もっとたくさん帰ってくればよかったと、本当に後悔しました。

駅ではいとこのひろ姉ちゃんが車で待っていてくれて、すぐに大村の国立医療センターへ向かいました。

清は入院しているとき、酸素をしていて少しきつそうにこっちを向いている感じだったので、そのような姿を想像して病室に入りました。

私は目を疑いました。

目を開けず、ビクともせず、いろんなチューブにつながれた清がいました。

私は声をあげて泣きました。みんな泣いていました。

先生は、「この二日間がやまでしょう」と言っていたみたいで、私はそんなことをドラマでしか聞いたことがなかったので、とても信じられない気持ちでした。

それから私は二日間学校を休み、母と一緒に病院でつきっきりでした。

「やまでしょう」と言われた二日間で、清は少しですが血圧が良い状態に近づいていきました。そのとき、これでこそ清だなぁと思いました。清はそんなに弱くないと信じていたから、私は清の姿を信じて福岡に戻ることを決めました。

それから週に一回か二週間に一回くらいのペースで土曜日に長崎に帰ってきて、日曜日に清の頭を洗って、福岡に戻っていました。

清は目を開けず、ずっと動かないままでしたが、私は清に話しかけたり、手や足を触ったり、さすってあげたりしていました。

顔と頭を近づけて、清の匂いや温かさを感じるのが好きでした。

あと、清の前でお母さんと清との思い出を話すのも好きでした。

動かなくても、しゃべらなくても、目を開けなくても、清は清だから、このままの姿でも、ずっと生き続けてほしいと強く思いました。

しかし、そういうわけにもいかず、入院している間に何度も危機を感じました。血圧が上がり気味だとか、脳が腫れているだとか、あまり前より動かなくなっただとか……。

いつどうなってもおかしくない状況の中で、「清は大丈夫、清は強いから大丈夫」と自分に言い聞かせながら、毎日を過ごしていました。

二月二二日の昼休み、母からメールが届きました。

「電話して」との文字。

私はすぐにかけましたが、母にはつながらず、父に電話をしました。

すると、血圧が徐々に下がってきているから、帰ってきた方がいいかもと言われました。

そのときは学校が終わってから帰ろうと思いましたが、なんだか嫌な予感がして、またあの急変したときと同じように泣きじゃくりながら先生に事情を説明して、すぐに実家に帰りました。

駅に迎えにきた父の車に妹と乗り込んで大村の国立医療センターへ。

血圧は下がっていましたが、いつもと変わらぬ清。聞いたところ、朝よりも少し血圧が上がったのだそう。

面会時間の七時が過ぎて、とりあえず食堂で夜ごはんを食べて、清の病室の近くの図書室で少し話をしていました。

今回は危ないかもしれないこと、おしっこが出ればいいけどなかなか出ないこと。私はそのとき何を考えていたか覚えていませんが、そんな話をしているときに、担当の先生が私たちを呼びにきました。

普段は、わりとゆっくりしている先生が、少し焦り気味で、私は先生の表情を見て、悪い予感がしました。

「一緒にいてあげましょうか」

私たち四人はすぐに清の元へ。病室に入ると、もう真っ白になった清。

血圧はさっきまで六〇だったのが、三〇まで下がっていて、みんなで清にすがりつきました。

「清！　清！　頑張れ！」

全員が叫びました。

それでも血圧はどんどん下がっていき、清は安らかに眠りました。

私たちは清に、「頑張ったね」と褒めてあげました。

本当に清は頑張りました。

私が福岡から帰ってくるまで待っていてくれました。

最後の姿を私たちに見せてくれて、もう力尽きたのでしょう。

清は本当に頑張り屋さん。思いやりがあり、心やさしい人間でした。

亡くなったときには「おつかれさま」という気持ちでいっぱいで、頑張って生きた清の死を、そのように受けとめることにしました。

清が亡くなってから二か月以上経ちましたが、いまでもあれは夢だったのではないかという感じです。

私の中では、まだゲラゲラと笑っている清がいます。

よく、亡くなっても心の中では生きていると言うけれど、本当にそのような感じです。

清の死を通して、清の分まで一生懸命頑張らなければならない、幸せにならなければいけないんだと強く思います。

仕事をしていて、嫌なことはたくさん出てくると思いますが、働けることは幸せなんだと、どんな些細なことでも、平凡なことでも、幸せを感じて生きようと思います。そうしたら、清が生きられなかった分、一生懸命に生きていけそうです。

清ちゃん、いま、何をしていますか？

仲間たちと遊んでいるのですか？

私は清ちゃんがお姉ちゃんで本当に幸せでした。

清ちゃんにたくさんのことを学びました。

ありがとう。

清の死は絶対に無駄にしないからね。一生懸命に生きるよ。天国でも幸せに……。

「清子さんへ」

元「みさかえの園」社会福祉士　池本雄亮

寒かった長い冬も終わり、心地良い春の陽射しに安らぎを感じる季節となりました。

お別れの挨拶をしてもう二か月、いま何をしていますか？

ふと、園にある青いクッションチェアを見ると、いつもこの椅子に座っていた清ちゃんのことが思い出されます。

お別れの挨拶をしたはずなのに、ふと心のどこかで「いつか清ちゃんが園に来て、また一緒におしゃべりができるんじゃないか」という想いが押し寄せてきます。

僕が大学を卒業して、いまの職場にボランティアとして入ったときのことを覚えていますか？

清ちゃんは僕のこと、苦手だったよね。僕が声がけしてもそっぽを向いて相手になんかしなくて。ちょっとほろ苦い出会いだったような気がします。

はじまりはそんな感じだったけど、それからはたくさんの思い出を清ちゃんからもらいました。

僕が仕事でヘマをしたときに、「バカチン」と笑いながら言ったこと、僕の言うオヤジギャグに、清ちゃんが（仕方なく？）笑ってくれたこと。

いつも座っているクッションチェアから移動するときに、「抱っこして」と僕を選んでくれたことや、音楽療法士の弾くピアノ演奏に合わせてスタッフがお尻を振ると、恥ずかしがりながらもすごく喜んでいた清ちゃんの笑顔……。

数え上げるとキリがないほどたくさんの思い出は、僕やスタッフのみんなの宝物です。

まだ夜が明けて間もない真冬の朝、職場の先輩からの電話で、清ちゃんが旅立ったことを知りました。

また元気になって会えると強く祈っていたし、これからもたくさんの思い出を作れると信じていた分、そのことをまったく受け入れられない自分がいました。

予期せぬ清ちゃんとの再会に緊張の糸がプツンと切れ、涙が止まりませんでした。

最後に清ちゃんの真っ白でキレイなお顔に触れたときも、声をかけようと思っても声にならなかった。久しぶりの再会だったのに……、ゴメンね。

あれから二か月。

時間は前にしか進まなくて、それでもまた新しい毎日がやってくるけれど、これからも僕やみんなの心に清ちゃんは生き続けます。

どんなに遠く離れていても、清ちゃんのことは忘れません。みんな清ちゃんのことが大好きだからね。

また仕事でヘマをしたときは、「いけも、バカチ～ン！」と叱ってください。

いままでたくさんの思い出をありがとう、本当にありがとう。

「清ちゃんに笑われないように」

「みさかえの園」　宮崎ゆかり

忘れもしない平成一八年一二月一一日月曜日の朝、清ちゃんの欠席の連絡を受けた。伝言だったために、詳細を確認すべくお母さんの携帯に電話を入れた。

すると、「心停止がきて……」。

その言葉を聞いたあと、思考回路が働かなくなったのを覚えている。どんな状態なのか病院に行きたい気持ちでいっぱいのまま、日常業務にあたった。

数日後、通園を代表してスタッフ三名で長崎医療センターへ面会に行った。

感染を避けるためだろうと思うが、清ちゃんの面会はできなかったが、付き添っているお母さんとは話すことができた。

お母さんから清ちゃんの状況を聞きながら、涙が込み上げてきたが必死でこらえた。

いま一番つらいのはお母さんだから、私が泣くわけにはいかない……。みんなそうだったと思う。

いま思えば、私はいつも清ちゃんのそばにいたような気がする。

送迎バスの中、経管栄養のとき、音楽活動のとき、避難訓練のとき……。

特に避難訓練のときは、サイレンの音にびっくりして、顔色まで変えるので、耳元で「大丈夫！　大丈夫！」と語りかけて、一緒に避難していた。

音楽療法のときも同じで、笑いすぎて「ちょっと大丈夫かい？」というくらい心配なときもあったので、酸素ボンベと共に隣に座っていた。

すごくデリケートな清ちゃんは、ストレスが加わるとチアノーゼを起こした。

その度に、「清ちゃん！　清ちゃん！　ほら！　ちゃんと息をせんば！」と言いながら、酸素吸入、吸引をした。清ちゃんがチアノーゼを起こすたびに、この子は毎日が綱渡りなんだと感じていた。

私は、よく清ちゃんに笑われた。それは私だけではなく皆笑われていたと思う。多分……。

部屋に入るときにちょっとつまずき、「あいた！」と言うと、清ちゃんは見ていたらしく、ひそかに笑っていた。

「あら！　見とったとね」と言うと、「うんうん」と頷き、「また宮崎さん、とちってる」というような顔をしていた。

清ちゃんは、スタッフの動きを観察しては一人でゲラゲラと笑っていた。

私は清ちゃんの笑顔が何よりも大好きだった。清ちゃんの笑顔にたくさんの勇気や元気をもらった。

人間、生きているといろいろなことがある。

つらいこと、悲しいこと、嬉しいこと……。

つらいときに、清ちゃんのとびっきりの笑顔は、一番の特効薬だったような気がする。

でも、その特効薬の笑顔は空の上なので……その空の上の清ちゃんに笑われないように、私らしくこれからの人生を歩んでいこうと思う。

「清ちゃん　ありがとう」

諫早養護学校　松浦浩美

清ちゃんとは、清ちゃんが高等部に入学したときに出会い、高等部の三年になったときに担任になりました。

とにかく学校が大好きで、休むことも少なく、学校ではいつも笑顔でした。

清ちゃんには、周りの人を元気にするパワーがあったのかな。清ちゃんの周りにはいつも笑顔があふれていました。

そんな清ちゃんに会えないと思うと寂しい気持ちでいっぱいです。

でも清ちゃんは病気と一年以上も戦い、それでもいろいろな困難や辛いことを乗り越え、前向きに生きてきたんだよね。

お父さんが、「いまの自分があるのは清子がいてくれるから」と言われていました。

私はこの仕事について一六年になりますが、どんな人もこの世に存在する意味や使命が必ずあると信じています。

生活するのにたくさんの手伝いがいるような障がいを抱え、自分では何もできないと思っている子どもたちも、ひたむきに生きている姿が周りに与えるものは大きく、なくてはならない存在だと思います。

私にとって、清ちゃんと過ごした日々は宝物です。

ひたむきに生きた清ちゃんの思いを胸に、清ちゃんに恥ずかしくないように一人の人間として、教師として頑張っていきたいと思います。たくさんの思い出と、大切なことを教えてくれて、清ちゃん、本当にありがとう。

「いつもそばにいることを感じて」

諫早養護学校　桑宮みほ　永田絹代

清ちゃんとのお別れは突然でした。

清ちゃんの大の仲良し、楽しいことも つらいことも、離れた場所にいても、心をお互い届け合った友・美恵ちゃんが亡くなったまさにその日、同じ日がお別れになってしまったのです。

美恵ちゃんのお通夜の帰り、携帯に連絡が入りました。

車を停めたのは、明峰中学の前、暗くて誰もいなくて、訃報の内容を聞きながら、手足が冷たくなり、力が抜けていき、頭の中がぼーっとして虚脱感でいっぱいになりました。

誰も「嘘だ」とも「間違いだ」とも言ってくれない。

その、なんともいえない感覚は、いまでもはっきり蘇ってきます。

その誰も助けてくれない状況の中で、冷たい手で携帯をつかみ、何回か押し間違えながら、やっとかけて助けを求めたのは、清ちゃんを小学部のときに一緒に担当した永田絹代さん（旧姓・山口さん）、絹ちゃんでした。

電話がつながるといきなり泣き出した私の声に「どうした？」と。

何かを予感したのか、訃報を伝えると、「そうか……」と。

場所は離れているけれど、いま、私と同じ気持ちでいることが強く伝わってきました。

絹ちゃんの声を聞いてやっと我にかえり、すぐ「清ちゃんに会いたい」と思い、清ちゃんの家に車を走らせました。

清ちゃんの家は、何か寂しげに灯りがともっており、「会いたい」「でも会ったら事実を目の当たりにしてしまう」。複雑な思いが一瞬よぎりました。

しかし、清ちゃんの眠った顔はあまりに穏やかで、静かで、きれいで、やわらかくて……、「ひっひっひ、なんで〜」と言って「嘘だよ！」って起きてきそうでした。

清ちゃんの死を悲しみながら、涙をこぼしながらも、清ちゃんの思い出話は面白いエピソードばかりで、長くつらい夜は、涙あり、笑いあり。

矢部家にとって、仮通夜の大事なお別れの時間を一緒に過ごさせてもらって幸せでした。ありがとうございました。

清ちゃんの諫早養護学校小学部のころのことを、そのとき担任だった絹ちゃんと振り返ってみました。

廊下を歩行器で歩いている清ちゃんに、

「き～よ～ちゃん、どっこ行くの?」

と聞くと、

「おさんぽっ!」

と言って、つつつーっと勝手に自分で、その時間をお散歩時間にしていましたね。

お好みでない男子が来ると、

「いや、来んで～」

とばっさり切られた○○先生。

「行く!」

っとだけ言い置いて、大好きなお友だちのところへ出かける清ちゃん。

足音を立てながら私たちが近づくと、

「あしおと!」

と言って、ぐっふっふと笑いが止まらなくなる清ちゃん。

なぜか足音が好きで、特に今里先生の足音が好きだったね。

音楽の時間や演奏会のときには、じわ～っと涙が……。

清ちゃんは悲しい歌や暗い曲が嫌いで、泣き出しちゃったこともあったね。

清ちゃんとの食事時間はちょっと緊張する時間でした。

お弁当はいつもやさしいお母さんの手作りで、完全なミキサー食。

これはお魚、これはお肉、これはコロッケ……と、味がちゃんとそのままで美味しいお弁当でした（ときどき味見させてもらいました！）。

調子が悪いと、たんが絡み、切れなくて青ざめてしまうこともありました。

清ちゃんは苦しくて泣きだしてしまい、すると余計に苦しくなって……。

「今里先生、清子んとこに来て！」

すると、廊下のすりガラスの向こうで怪しい踊りを踊りだす今里先生。

それを見て、

「ゲホッ！　コンコン！　ひっひっひっ」

と笑い出して、上手に咳き込む清ちゃんでした。

泣き続けると、余計にたんが絡んで悪循環に陥るから、上手に気分を変えるのも大事だったのです。

思い出いっぱいの修学旅行はお母さんと一緒で心強く、食事をさっさとミキサー食に変身させる技には本当に驚きました。

小学部の卒業式、証書を自分で受け取ってほしくて、何度も何度も練習しました。本番はちゃんと自分で車椅子をこいで、校長先生のところに行き、卒業証書をもらうことができました。

清ちゃんは、一二歳のころの笑顔と純粋な気持ちをそのまま持って成長していきました。それにプラスして、女の子らしく成長して恋をするようになっていたんですね。

目を閉じると、小学部のころのまだ幼い清ちゃんの笑い声、歌声などが浮かんできます。私たちの中には、いろんな清ちゃんの笑い声がずっと生きていますし、ときどき、ふっと清ちゃんの声が聞こえるようです。

いつもそばにいてくれるんだね……と、いつも感じていたいと思うのです。

「清ちゃんへ」

国立長崎医療センター　看護師K

あなたは私にとって、特別な患者さんとなりました。

三年目看護師だった私が、ＨＣＵ（高度治療室）を担当することになって、実ははじめて受け持ち看護師として関わらせていただいた患者さんでした。

あなたは、言葉で伝えることが難しくても、きついときはきついとサインを出し、少し楽なときは柔らかな顔つきになり、全身で表現して私たちに示してくれましたね。私はあなたを理解しようと、観て、考えました。

あなたと接することで、私は看護師として随分多くのことを学ばせていただきました。

そしてあなたのケアをさせていただき、あなたに語りかけることで、いつしか私の方があなたに癒されていることに気づきました。

あなたが小さいころの写真を拝見し、明るい笑顔で生命力あふれるあなたの姿を見て、もっともっとご家族からあなたについて教えていただき、ケアの中に活かすこともできただろうにと後悔しました。ごめんなさいね。

でもあなたに会いに来られるお父さま、お母さま、二人の妹さん、おばあさま方を拝見していて、ご家族とあなたがとても深く強い愛情で結ばれていることがよく伝わってきて、私はご家族で過ごす時間を邪魔したくはなく、うまくお話しできませんでした。

あなたの鼓動が時を刻むのを止めたとき、その絆の深さを改めて感じました。私は無念で、悲しく、切なく、虚しく感じました。

あなたがいなくなったベッドは、とても寂しかったです。

月日が経ち、同じ場所に別の患者さんが来られても、私には「清ちゃんがいた場所」として残っています。

正直に言うと、戸惑い、悩んだこともありましたが、それもすべて私の良い経験となり、あなたの受け持ちをさせていただくことができたことを誇りに思い、とても感謝していいます。ありがとうございました。

どうぞ安らかにお休みください。そして、これからも私たちのことを見守りください。

「あなたに出会えて」

国立長崎医療センター　看護師A

清ちゃんとの出会いは、一二月の寒い日でした。

あれからもう一年半が経とうとしています。

看護師として働きはじめて二年目のころに清ちゃんと出会い、私は多くのことを学びました。看護師としてはまだまだ未熟で、意識のない清ちゃんに何ができるのだろうと思いました。

清ちゃんの状態を見ながらお母さんと一緒に足を洗ったり、ときには妹さんと一緒に髪を洗ったり、「清ちゃんは喜んでくれているかな」と思いながら看護していました。

お母さんとお父さんは毎日毎日面会に来られ、欠かさず清ちゃんに声をかけられていました。そんな光景を見て、清ちゃんは本当にいままで愛されて育ってきたのだなと心から思いました。

そんなある日、私は夢を見ました。清ちゃんが重症部屋から移動し、大部屋でお母さんと笑顔で過ごしている夢でした。

二回、同じ夢を見たことを覚えています。

だからこそ、いつかはきっと清ちゃんの笑顔に出会えることを信じて過ごす日々でした。

二月の終わり、清ちゃんとのお別れは突然やってきました。

私はいまでも忘れません。お父さんが、「清子、やっとチューブのない身体になったな～」と言われたことを。

治療上、清ちゃんの身体にはいろいろなチューブがとりまいていました。

本当にいままでよく頑張ってきた清ちゃん、あなたの笑顔に出会うことはできなかったけれども、「ありがとう」という気持ちでいっぱいになりました。

あなたと出会えて本当によかった。ありがとう、清ちゃん。

「清子さんの追悼文集に寄せて」

若杉泰昭

矢部清子さんの誕生から遅れること半年、昭和五八年一二月九日、奇しくも「障がい者の日」に、私の長男・大雄（だいゆう）が生まれた。

出産時に起きた事故のために、重い障がいを持つことになった。

清子さんと大雄が、同じ幼稚園に通うこととなり、それ以来、矢部さんとはお付き合いさせていただいている。

水頭症と二分脊椎症の障がいを持って生まれた清子さんは、これまで幾多の危機を乗り越えて頑張って生きてきたが、今回ついに、帰らぬ人となった。

まるで櫛の歯が抜けるように、大雄の仲間がまた一人また一人とこの世を去っていくのは、ただただ無念で寂寥感を禁じ得ない。

清子さんと大雄がまだ幼いころ、整肢療育園（現・こども医療福祉センター）の主催で、小浜のホテルにおいて療育キャンプが開催された。

自己紹介のときに、矢部さんが途中で、「清子が……、清子が……」と絶句してしまった。万感胸に迫るものがあったのであろう。

私でさえ大雄のことを思うとき、「我々は親から五体満足な体をもらったのに、大雄にはそれを与えられなかった。非常に申し訳ない」としばしば思うものだ。

平成一八年一二月に清子さんが意識を失ってから、矢部さんご夫妻は、毎日諫早から、大村にある国立長崎医療センターまで通っておられた。

おそらく、心身ともに休まるときがなかったのではないかとお察し申しあげる。

矢部さんの趣味は体内で尿酸を飼うことと、サウナ巡り。

特技はジョギングの帰りに立ち寄った居酒屋で、流した汗の何倍ものビールを飲むことと言う矢部さんだが、普段は面白い言動やひょうきんな行動で周りの皆を笑わせ、場を賑わせている。

しかし、根は真面目でやさしく（特に弱者に対して）、ちょっぴり寂しがり屋であることは周知の事実であろう。

障がいのある子を授かること、障がいのある子を気遣いながら生きること、そして何より、子の葬儀を営むこと。これらのことは、親として大変つらいことであることは言うまでもない。

矢部さんは常々、清子のおかげで自分自身が成長できたと言っておられる。

清子さんの告別式で、よく頑張ったと参列者一同、清子さんに拍手を贈ったが、同じ気持ちを込めて、矢部さんご夫妻はじめ、ご家族、ご親族の皆様にも拍手を贈りたいと思う。

*

みなさん、清子のために寄稿文を書いてくださり、本当にありがとうございました。

二〇二四（令和六）年二月二二日　矢部福徳

第七章

この子らが世の光に――再挑戦

清子の精霊船（しょうろうぶね）

清子は、養護学校時代からの友人だった中村美恵ちゃんと、同じ日に亡くなった。

美恵ちゃんは、歩いたり走ったりすることができたから、清子の姿を見つけると、いつも走り寄ってきてくれていた。

美恵ちゃんが亡くなったという連絡を受けたのは、朝七時半ごろ。そのあと福徳が清子の元へ行ったら、清子の血圧が一気に下がって、危篤状態となった。そしてその夜、八時二〇分に息を引き取った。

美恵ちゃんと清子は、二の月の二二日に、二人で仲良く手を取り合って、天国へ行ったかのようだった。

だから残された二つの家族は、二人の初盆の精霊船を、一緒に出すことにした。

二人の不思議な偶然を知った長崎新聞社の記者さんが、二人の精霊流しを取材に来てくれて、翌日の紙面に大きく、二人の船の写真と記事を載せてくれた。

新聞に載るなんて、清子はすごいなあと福徳は感心した。

長崎の精霊船は、たくさんの爆竹を鳴らしながら流すが、清子と美恵ちゃんの船は、入所者へ配慮して爆竹は一切鳴らさずに流した。

二人が好きだったＳＭＡＰの「世界に一つだけの花」を、施設のスタッフや入所者さんたちが歌ってくれる中、二つの小さな船が、仲良く連なって流された。

＊

船を作ってくれたお父さんへ

お父さん、私の精霊船を作ってくれてありがとう。

美恵ちゃんの船と一緒に、「みさかえの園」を出発できて、とっても楽しかったです。

私は美恵ちゃんと一緒に、お空の上から見ていました。

「みさかえの園」のみんなが、私たちの好きだった曲を歌ってくれて、お花を手向けてくれて、本当に嬉しかったなぁ。

そうそう、施設は新しくなったんだネ！

そこにも通ってみたかったなぁ。

だけどいまは、自由にあちこち行けてるから、私は幸せです。

お父さん、寂しいからって私をあんまり夢に呼ばないでネ。

こう見えて私も結構忙しぃの。

今度から夢への出演料をもらっちゃおうかなぁ。

＊

福徳は、清子の夢ばかり見ていた。

彼は、清子に夢に出てきてもらうコツに気づいていた。

清子に会いたくてたまらないとき、寝る前に、清子のアルバムの写真を眺める。そしてそのまま眠りにつくと、清子はかなりの確率で夢に出てきてくれた。

夢の中の清子は、元気に走り回っていて、起きているときには泣いてばかりの彼を、夢の中で笑顔にしてくれた。

夢の中で福徳は、清子を追いかけていくが、ここから先は一緒にはいけないと諭された。

実は彼は、清子が亡くなる二年前くらいから、清子が亡くなる夢をときどき見ていたのだが、亡くなってからは、生きている清子の夢を見続けていた。

だから朝、目が覚めて、清子が生きているのか死んでいるのかわからないまま、長い時間ボーッとしていることがある。

彼には、そのころの記憶があまりない。清子のいない生活が、夢なのか現実なのか、よくわからなかったのだ。ただいつも、清子の存在を近くに感じていた。

「あの世」でもなく「この世」でもなく、清子は「その世」にいるような気がしていた。

赤字転落、迷走

清子の死から立ち直れずにいた福徳は、仕事に身が入るわけもなく、会社の業績がはじめて赤字に転落した。

誰かが、時が経てば落ち着くものだと言っていたが、福徳の心は一向に落ち着かなかった。この世で、娘の肉体が見えないことには少し慣れたが、寂しさ、虚しさ、切なさは募るばかりでとてもつらかった。

「いずれにせよ誰もがあの世にいくのだ」と思ってはみても悲しくて、ああ、こんなふうにいつまでもめそめそしていたら、清子に笑われるばかりだぞと思いながら、気合いを入れ直す日々を過ごしていた。

落ち込んでいる福徳のことを、たくさんの人が心配してくれた。

一周忌が過ぎたころ、付き合いのあった長崎のテレビ局の社長さんが、一冊の本を福徳に贈ってくれた。

それは、『つみきのいえ』という絵本だった。

二〇〇八年のアカデミー賞短編アニメーション賞に輝いた作品が絵本になったものだった。

ひとりのおじいさんが、海面の水位が上昇していく世界で、住む家をどんどん上へ上へと積み上げていく話で、ある日おじいさんは海の中へ落とし物をしてしまい、それを取りに行く過程で、たくさんの思い出と出逢うという物語だった。

はじめに読んだときにはよくわからなかった福徳だったが、水彩画のようなタッチのやさしい絵に心が癒され、それを描いた作者に会いに行こうとした。感動したからといって、ファンがいきなり作者に会えるはずもないが、作者の事務所がある東京の住所を調べた。

福徳は突然上京し、アポイントもなく事務所を訪ねたが、作者は留守だった。

福徳は、こんな風に迷走していたが、絵本を何度も読むうちに、主人公のおじいさんが前を向いて生きていく姿に自分の姿を重ね、次第に前を向いて生きていこうと思うことができた。

三回忌

みなさん、お元気ですか？

本日は私の三回忌にご参列いただき、ありがとうございます。

こちらでは、二月一五日のお釈迦さまが入滅した日のお参りと修行があり、忙しい毎日を過ごしています。

ところでこちらの世界では、天上界と地獄界があり、人間界の人生で、「善の方が大きかったか悪の方が大きかったか」で行く世界が決められ、地位や権力の強さは関係ないそうです。

ですからお金持ちだった人や、有名な政治家の人も、地獄界で苦しんでいる人がたくさんいます。

おかげさまで、私の家族や友だちは、みんな天上界で仲

清子の法事には社員・取引会社の皆さまもお参りいただいた

良く過ごしています。

みなさまも、善を積み、たくさんの人に徳を与えて、ぜひ天上界にきてくださいネ！

でもこちらの世界も、一年間に六〇〇〇万人くらいの人が昇ってこられますので、少々過密気味なので、みなさんはゆっくり人間界を楽しんでくださいネ。

本日は誠にありがとうございました。天国よりご多幸をお祈りしています。

平成二二年二月二〇日　　善教院清宝信女（矢部清子）

＊

専照寺にて、なんのために生きているのか

清子の通夜のときから、福徳は、彼の実家近くの専照寺の住職にお世話になっている。

清子の通夜のときも、葬儀のときも、三回忌のときも、住職に法話をしてもらった。

福徳はときどき、どうしても気が滅入るときなど、住職に会いに千々石まで車を走らせることがある。

しんと静かな専照寺の境内には、海に向かってどっしりと構えている樹齢約四〇〇年の銀杏（イチョウ）の樹と、いつも笑顔のほがらかな住職がいる。

住職の笑顔を見た瞬間に、福徳はホッとする。

福徳が落ち込みすぎてつらくなり、「なんのために生きているのかわからない」と呟いたとき、住職はこう言った。

樹齢300～400年の銀杏の木が映える専照寺

「ほら、佐賀の呼子（よぶこ）にイカがおるでしょ。あのイカたちは、気持ちよーく海を泳ぎよるときに、あれ？　って気づいたら網の中におるとですよ。そして、次にあれ？　と気づいたら、狭い生け簀の中に入れられとるとですよ。そして、今度は手網ですくわれて、あれ？　って次はまな板の上に寝かされとるとです。そして、出刃包丁が自分に向かってきて、ああ、殺されるーって思って暴れたら、生きたまま切り刻まれて、じわじわと死にかけながら暴れよるのをお皿の上に載せられて、人間の前に出されるとです。そして、わあ、美味しそうって言うて自分を食べる人間を見て、イカは、今度生まれ変わったら人間になりたい、イカを食べる人間になりたーい！

って思うわけですよ」

なんのために生きているのかという福徳の疑問は、少なくともイカとして人間に食べられないためだと思えて、大笑いできた。

「深い哀しみを知った人の喜びは、知らない人の喜びの何倍、何十倍にもなるんですよ」

と言う住職の話に頷きながら、無邪気に笑えている自分が嬉しかった。

この町で生まれ育った福徳と、住職との深い縁ができたのは、清子の通夜のときからだ。清子がつないでくれた縁だった。

住職の奥さんは、福徳とは幼馴染みで、一つ年下。高校のテニス部の後輩にあたる女性だが、テニスの腕は彼女の方が先輩だ。

「だから私より家内の方が矢部さんのことをよう知っとるもんねえ」

そう言って笑う住職は、ある日、彼にこう尋ねた。

「結婚前の自分を自分でどう思っとりますか」

福徳は考えた。二〇歳前後の多感な時期の自分がどんな人間だったのか。客観的に見て確かに言えることは、単に能天気な人間だったということだけだ。

「あのころは、なーんも考えとらんやったですね。まあ仕事はちゃんとしよったですけど、私生活はやりっ放し。ですから神様が、こりゃいっちょ、なんかバーッと試練を与えてやろうみたいな感じで清子を送り出してくれたんじゃなかろうかと思いますね」

　彼の答えに、住職は笑っている。

「うちの家内はね、昔と全然違うって言うてますよ。矢部さんがまさか、こんな立派な経営者になるとは思ってもなかったって。昔はただの社交的で明るい青年だったけど、いまは言動に深みのある責任感の強い立派な人間になったと、夫婦でときどき話してますよ」

　住職の言葉に、福徳は感謝する。

　もし本当にそうなれているのなら、清子のおかげだと思った。住職に会ったあとは、清子のために、もっと頑張らなければいけないと決意を新たにする。

モデルハウス「笑和（しょうわ）な家」

　二〇一〇（平成二二）年一一月、諫早市にあるハウジングパーク「木のコトひろば」に、モデルハウスをオープンした。

　国産のヒノキや高千穂のシラス壁など、自然素材を使った家は、住む人の健康のために、そして省エネを考えて建てた。建材のそれぞれに調湿効果があるので、外がどんなに暑くても、家の中に入った途端に快適な空間に包まれる。

清子と一緒に森へ入っていた経験が、福徳の仕事に生かされた。

福徳はこのとき、清子と妻と三人で諫早へ出てきたばかりのころの頑張り方に匹敵するほどの頑張り方をした。まるで何かに取りつかれたかのように思えるほど、自らお客さんをモデルハウスへ案内し、熱弁をふるった。

家族が健康で幸せに暮らせるようにとつくった家は、福徳の自信作だったので、一〇組のお客さんを案内すると、一〇件の契約が取れた。

やがて会社の業績は持ち直し、赤字を脱却することができた。

森林浴のできるモデルハウス「笑和な家」（諫早市多良見町）

「清ちゃん号」

清子の死から四年経った二〇一二（平成二四）年、生前の清子がお世話になった「みさかえの園」に、送迎バスを贈った。

そのころの福徳は、会社の経常利益の五パーセントを、社会貢献や社員のために使おうと決意していた。

福徳は、清子が亡くなってから、園の送迎バスを見かけるたびに、ああ、あれに清子は乗っていたんだな、ああ、いまも乗っているといいのにと、バスの中にいつも清子の姿を探していた。だから清子がいまも送迎バスに乗っていると思えるように、「清ちゃん号」と名づけたバスを施設に贈ることにしたのだ。清子に本当に良くしてもらったお礼もしたかった。

福徳が園に贈った送迎バスには、子どもたちが楽しく乗ってくれるようにと願いを込めて、少し派手な色のピンクやオレンジなどの明るい色を使ってラッピングしてもらった。

ちょうど、ヤベホームが設立二五周年のときだったので、「感謝の夕べ」という記念式典を行うときに、送迎バスの贈呈式も行うこととなり、「みさかえの園」の施設長にも来ていただくことになった。

清子がすごいと思うのは、そのときもまた取材がき

「清ちゃん号」1号の贈呈式
2012年、「みさかえの園」むつみの家にて

て、テレビのニュースで流れることになったことだ。

「障がいを持って生まれた娘との出逢いがなければ、ヤベホームの設立も成長もありませんでした」

そう話す福徳と、カラフルな「清ちゃん号」は、『news every.（ニュース・エブリィ）』という報道番組に出た。

それからの福徳は、道で「清ちゃん号」を見かけると、清子がみんなを乗せて頑張っていると思え、嬉しくて誇らしかった。

*

元気になってきたお父さんへ

お父さん、テレビ観たよ！

かっこよかった～。

「清ちゃん号」も、かわいくて素敵で大好き。

私も乗りたかったなぁ。

みさかえさんのみんなに会いたいなぁ。

先生たちに会いたいなぁ。

お父さん、みさかえさんに行ったら、いっつも「清ちゃん号」をピカピカに磨いてくれている整備士さんにも感謝の気持ちを伝えてネ。

＊

「みさかえの園」

清子が、先生、先生と呼んで慕っていた「みさかえの園」の施設長の福田雅文さんは、長崎大学病院で周産期医療に従事されていた小児科医でもある。

周産期医療に長年従事しているうちに、重い障がいを持つ子どもたちや家族を支えたいという想いから、「みさかえの園」で働くことを決意したのだと教えてくれた。

「僕はずっと清ちゃんのそばにいるわけではないんですけど、ときどきそばに行くと、『あー、先生！　お尻ふって踊って！』って言うんです。僕らはみんな、清ちゃんの前を

諫早市小長井町にある
「みさかえの園」むつみの家

通りかかるときは、お尻ふって踊るんです。清ちゃんは大喜びしてくれました」

施設長は、いつも清子の楽しい思い出話をしてくれる。

二〇一二（平成二四）年に、はじめて「清ちゃん号」を贈ったあと、会社の業績がいいときは必ずどこかへ寄付をしようと決めていた福徳は、そのあとに二台、「みさかえの園」に送迎バスを贈呈することができた。

清子がいなくなってからも、「みさかえの園」との縁は途切れずに、ときどき、施設長から素晴らしい話を聞かせてもらっている。

「矢部さんはきっと、スタートがものすごく良かったんだと思いますよ」

施設長は、福徳のことをそんな風に言ってくれる。

「施設では、お父さんの姿を見ることは少ないんです。お仕事をされているからというのもありますし、実は障がいのある子の家庭では、離婚されるご家庭も多いんです。

障がいのある子どもが生まれると、どうしてもお母さんが子どもに一生懸命になるので、おそらくですが、お父さんの居場所がなくなるんでしょうね。

障がいのあるなしに関わらず、お父さんにとっての子育てというのは、決してお母さんの手伝いではなく、子どもと直接、愛情を持って関わるのが重要なんです。

特に障がいのある子と一緒に生きるというのは、普通の家庭より、親や家族、兄弟姉妹も一緒に育っていかないと大変なんです」

福徳は、清子が保育器の中ではじめて笑いかけてくれた日のことを思い出す。

彼が清子への愛情を自覚したのはそのときからだろうと思っているし、妻が入院したときに、毎日清子の世話をすることになって、清子との絆が育っていったような気がしている。

あのときは大変だったけれど、いまになると、すべてが愛情を深めるための試練だったのだなあと思い返すことができる。

福徳は一度だけ、施設に対して失礼なことをしてしまった忘れられない記憶がある。

妻が再び病に倒れたとき、手術の際に、一泊だけ、清子を施設に預かってもらうことになった。

福徳はその夜、施設にはじめて泊まることになった清子のことが心配で心配で、まったく眠ることができなかった。

子どものころから通所で通っている園ではあったが、病棟へ入るのははじめてだったし、清子はとても繊細な子だから、一人ぼっちで夜中に不安になっているのではないかと思うと、居ても立っても居られなくなった。

だから彼は、夜中にベッドから飛び起きて、車に飛び乗り、真夜中の道を突っ走り、清子を連れ戻しに行った。

「いやもう、ちゃんとケアしてもらってるのに、本当にあのときはすみませんでした」

彼が謝ると、施設長は言った。

「矢部さんの心配は正解ですよ。清子ちゃんを預けるというのは、よほど鎮静させないと命にかかわりますから。毎日毎日、家でしっかり守って夜を過ごしていたわけですから、ご心配になって当然です。普通の子でも、はじめての場所に一人で泊まるとパニックを起こしますし、何回も練習をしていても不安になりますから」

彼は、施設から連れ出した清子を車に乗せ、やっとホッとした夜のことを、いまでも鮮明に覚えている。

葬儀の日の思い出、感謝

施設のスタッフや養護学校の先生たちには本当に感謝している。

彼らの献身、やさしさ、心の清らかさに、彼はいつも感動していた。

「みさかえの園」のスタッフは、清子が入院していたときに、清子への励ましのメッセージを吹き込んだＤＶＤを持ってきてくれた。そのあと、ひどく落ち込んでいた福徳のために、清子の写真をＤＶＤに焼いて持ってきてくれた。彼らの思いやりに、福徳はとても救われた。

清子の葬儀の日には、ずっと葬儀場でそのＤＶＤを流していたから、清子のために葬儀に来てくれた人々は、ＤＶＤの映像と、葬儀場いっぱいに飾られた清子の写真を見ながら、清子の思い出話をしてくれた。

清子はたくさんの愛情を受けていたのだなあと、葬儀の日、福徳は改めて清子の人徳を知った。

清子の仮通夜のとき自宅に駆けつけてくれた養護学校の先生たちも、夜の一〇時くらいから夜中の三時くらいまで、ずっと清子に話しかけてくれていて、泣きながら笑いながら、昔話をしてくれていた。清子は本当に、愛情深い方々に恵まれていたのだ。

葬儀に来てくれた施設長は、のちのちまでその日のことを覚えていて、福徳に会うとその日の話をしてくれる。

「まず葬儀場に入って、清子さんの写真がいっぱいあるのを見て圧倒されました。多分、ご家族の方というのは、施設でどんな風にお子さんが過ごしているのかわからないだろうから、日々の活動の様子を写真に撮ってお渡ししているんですけど、こんな風に、場内に清子さんの写真が飾られているのにはびっくりしまして、本当に、お父さんの思いというのはすごいんだなあと感じ入りました。

お葬式のときには、矢部さんは『いまの自分があるのは清子のおかげだから。清子と出会えて嬉しい、ありがたい』と何度もおっしゃっていました。その中でも一番私の心に残っているのは、最後に、『本当に清子には感謝している、拍手で送りたい』と言われて、『この子のためにみなさんも拍手をお願いします』とおっしゃったので、みんなで清子さんを拍手で見送ったんです。そのとき僕は、ああ、こんなお父さんがいるのかと、とても感動したのです」

施設長にとって、普段、施設で接するのは母親たちとの方が多く、父親と接することがあまりないようだから、自分と会って驚いたのだろうと福徳は思った。福徳からすると、そんな風に施設長が言ってくれることこそ、清子のおかげでありがたいと思っている。

「この子らを世の光に」

小児科医でもある施設長は、長崎大学医学部で、障がい者に関する授業を持たれている。あるとき福徳は、施設長から、医学部の六年生に話をしてくれないかと頼まれた。

「僕は矢部さんの清子さんに対する想いに感服していまして、いろんなところで矢部さんの話をしていたんですが、矢部さんが、清子ちゃんの存在によって生き方を変え、家族を変え、会社を立ち上げて社会貢献をしていること、それはまさに、福祉の世界では理想の生き方だと思ったんです。

糸賀一雄さんという、福祉の世界では有名な、社会福祉の父とも呼ばれる方がおられるんですが、その方が提言した有名な言葉があるんです。

それは、「この子らに世の光を」ではなく、「この子らを世の光に」という言葉で、障がいの子らが世の中にいることによって皆が幸せになる、障がいの子らが光り輝いて、周りの人を変えていく、だから世の中も変わっていくという理念です。

僕にとってそれは、まさに矢部さんの生き方なんです。

障がい者を受け入れた家族はやさしいんですよ。

障がい者には特別な力があって、重い障がいを抱えている子でも、職員がつらいときには黙って寄り添ってくれる。ぼくらが逆に元気をもらうんです。だからそのことを一番知っていらっしゃる矢部さんから、学生さんたちに伝えてほしいと思いまして、講義に来ていただきたいと思ったのです。

僕たちの世界では、母親に接することはあっても、父親と接することはあまりないから、父親の気持ちを教えてほしいと思ったのです」

大学も出ていない自分が、まさか医学部の学生に講義をすることになるなんて、福徳は本当に驚いている。

施設長が、矢部さんはきっと清子さんとの生活のスタートが良かったんですよと言ってくれたが、自分のスタートは散々だったと思っている。

清子が生まれてから、世間を恨んだり、祈祷師に頼ったり、清子の障がいを受け入れるまでに三、四年かかった。でもそのあとは、施設長の言うとおり、確かに一緒に育ってきたかもしれないと思った。

ただ、清子と一緒にと言うより、清子に教えてもらうことばかりだったと思っている。

彼はその気持ちを、正直に学生たちに話した。いまでもときどき、講義に呼んでもらうことがあり、汗をかきながら一生懸命話している。

「清ちゃんは、本当に笑顔が素敵でした。僕らはあの笑顔に元気をもらっていました。一生懸命生きている方がニコッと笑ったときのメッセージというのは、周りの方にとって、とても大きいんです。

いつもニコニコ笑っているわけじゃなく、日々、自分の障がいと向き合いながら、苦しみながら、それを受容して生きていらっしゃると思うから、その中でニコッと笑ってくれるというのは、それはもう特別な笑顔なんです。

障がい児には、特別な力があるんです。

僕は、お父さんたちが、ただお母さんの手助けをするだけではなく、もっと前に出て、メッセージを伝えてくだされればと思っています」

障がい者には特別な力があると言う施設長は、戦争が起こると、真っ先に障がい者が見捨てられるということを教えてくれた。

争いのある世界では、障がい者は生きていけないのだという。

だから、障がい者を中心にした世界ができれば、世界は平和になるのだという。

実際に施設でも、最初は気の荒いスタッフでも、障がいの子どもたちと接しているうちに変わっていくという。

福徳は、施設長やスタッフからいろんなことを教わったから、自分自身も新しい世界を目指したいと思っている。

自分みたいに勉強もしていない、教養もお金も実力も何もない人間が、清子や清子を支えてくれた人たちに出会い、いまや世界を平和にしたいとまで思えるような人間になるなんて、福徳は、清子と出会う前の自分に教えてやりたいと思った。

「私は多分、清子と出会っていなければ、ただの飲んだくれのオヤジになって、いまごろは糖尿だ、肝硬変だって言って、ヨタヨタしとったかもしれんです」

施設長は笑っている。福徳は、清子が自分を導いてくれたのだとしみじみ感謝している。

「みさかえの園」は、坂の上にある。

重い障がいを抱えた息子に会うために、年を取った父親が、電動車イスに乗って面会に来ることもあるという。

清子がずっと生きていたら、自分もきっとそうするだろうと福徳は思った。

第八章

清子に導かれて——やっと半人前

清子への恩返し

清子が亡くなってから、今年で何年目だということは、福徳にはすぐにわかる。

清子が亡くなったときに、これからは清子が死んで何年目かなあと思うときがくるだろうと思っていた彼は、どうしたらそれを忘れずにすむだろうかと考えて、よい方法を思いついたのだ。

それは、少年スポーツ大会のスポンサーになることだった。

いろんなスポーツの大会で、スポンサーの冠のついた大会を見ていた彼は、当時のV・ファーレン長崎の紹介で諫早市少年サッカー大会のスポンサーになることになった。

そして運よく、その大会に、ヤベホームの名をつけてもらえることになった。

清子が亡くなって一年経ったとき、第一回ヤベホーム杯サッカー大会が行われ、今年（二〇二四年）の大会は第一六回。どんなに忙しい日々を送っていても、これならば、あ、清子が亡くなって今年でもう一六年かとわかる。

サッカー少年たちが、元気にグラウンドを駆け回っている姿を見ると、清子が空の上で微笑んでいるような気持ちになれる。清子のおかげで、スポーツ振興に協力ができてありがたいと思っている。

「ヤベホーム招待試写会」というものもはじめた。

長崎の各テレビ局が催す映画の試写会の冠になって、ヤベホームで家を建ててくれたご家族や一般応募の方々へ、毎年、映画の試写会にご招待している。

「ALWAYS　三丁目の夕日'64」や「ひつじのショーン　UFOフィーバー！」など、家族みんなで楽しめる温かい映画を選び、試写会を行っている。

三台の送迎バスを寄贈した「みさかえの園」には、早く四台目のバスを贈れるようになりたいと思っている。町で「清ちゃん号」を見かけると、そのバスに清子が乗っているような気がするし、清子のことが誇らしくなるし、清子のためにもっと頑張ろうと思える。

ときどき訪ねる園では、送迎バスの整備士さんが、「ピッカピカにワックスかけとりますよ！」と言ってくれて、

今年で第16回を迎える
ヤベホーム杯サッカー大会

彼は嬉しくてまた泣いてしまう。

それから清子が、森の中で元気になることに気づいてからはじめた森づくりプロジェクトでは、未来のある子どもたちに、「切ったら植える、育てる森づくり」を体験してもらうため、長崎市の北部にある「ヤベホームの森」で、子どもたちに向けてヒノキ苗の植樹や森を学ぶツアーを開催している。

ヤベホームの森づくりプロジェクトが目指しているのは、カーボン・オフセット。

カーボン（炭素）をオフセット（埋め合わせる）する。

これは、地球上で増え続けている二酸化炭素の排出を少しでも埋め合わせしようという考え方で、二酸化炭素を吸収する森林を「クレジット」として国が認証し、発行されたクレジットを購入することで、自社が出す二酸化炭素を埋め合わせるというシステムがあり、ヤベホームでは二〇一三（平成二五）年から長崎県内の森林クレジットを購入している。

彼はいま、未来の子どもたちのために、地球上の森林を守っていきたいと願っている。

清子に導かれて

福徳は、森の中へ入ると清子の呼吸がラクになり、顔に赤みが差していた経験から、森の中で暮らすような家づくりを目指し、全国の森を視察して回り、勉強していた。

やがて、その土地の気候風土に合った地場の材木を使うことが最も望ましいという結論に達した福徳は、それからは長崎県内の森を見て回った。

毎年4月に行われるヤベホーム植樹ツアー

そしてヤベホームでは、対馬産のヒノキを使うことにした。

厳しい条件のもとでゆっくりと育つ対馬産のヒノキは、目詰まりがよく、油分が多く含まれるから、白アリを寄せつけにくく、殺菌効果も期待できる。ヤベホームは対馬市の森林のクレジットも購入した。

クレジットを購入することで、木造住宅一棟につき、日常生活で排出される冷暖房などの一年分の排出量をオフセットできるので、一棟建てるごとに、森林に還元されるという仕組みになっている。

いまは、「ヤベホームの森」で育った四〇、五〇年物のヒノキも使って家を建てている。

床材には、無垢材を使っている。

「無垢材」とは、丸太から切り出した板のこと。これまでの日本の住宅では、薄く切った木材を接着剤で貼る「突板（つきいた）」や「フローリング」が多く使われていて、そのため、接着剤に含まれている化学物質によって、住む人がアレルギーを起こすことがあったから、無垢材を使うことで、シックハウスの心配も減るだろうと考えた。

やさしい木の香りや肌触りに包まれて、安心快適に過ごせる家づくりを目指している。

カビを排除するためには、壁には結露のない素材を使いたいと思い、漆喰を使うことにした。

漆喰の原料は、貝殻からつくる消石灰と、海藻の銀杏草（ぎんなんそう）、麻のスサ（繊維）と水。

モデルハウスに使ったシラスは、高千穂地方にある火山噴出物からなるシラス台地の土で、一般的な土と違い、植物や微生物が混じっていない貴重な天然素材。

化学物質を一切使っていない自然素材の漆喰やシラスは、湿度の高い日には湿気を吸ってくれて、湿度の低い日には湿気を放出してくれる。さらには消臭機能もあるので、室内は常に快適さが保たれて、健康な生活を守る手助けをしてくれる。

二〇一四（平成二六）年、ヤベホームは、環境省の「第四回カーボン・オフセット大賞」の優秀賞に輝くこととなった。受賞理由は、「長崎県日本伝統建築を支える森とヤベホーム注文住宅のカーボン・オフセット」。

福徳が黙々と、清子に教えてもらったことを仕事に生かしていた活動が、なんと国から評価を受けたのだ。

福徳は、そうそうたる面々の他の受賞企業に交じり、授賞式に臨んだ。彼は、清子とともにその栄誉を受けているような気がした。

そして図らずも彼の活動は、林業への発展にも貢献することにもなったようで、二〇一八（平成三〇）年には、ながさき農林業大賞の特別賞を受賞した。

また、福徳の長年の地球温暖化防止の活動や環境貢献が認められ、二〇二二（令和四）年から長崎大学環境科学部で非常勤講師に採用された。学生たちに「森づくりと環境ビジネス論」をテーマに年二回程度教壇に立っている。将来は刑事か学校の先生を夢見ていた福徳にしては何ともおもしろい現実に不思議感に浸っている。

清子が森の中で笑っていたときから、すべてのことがつながって、やっとここまでくることができたのだと思うと、自分を導いてくれた清子に感謝しかない福徳は感無量だった。

ちなみにヤベホームで使用している電気自動車のナンバーは、すべて「四〇 - 二〇」。「シーオーツーゼロ」で、二酸化炭素排出ゼロを目指すという意味だ。

清子、会長になる

*

「いけもー」へ

お元気ですか？

あれから元気にしてますか？

みさかえさんではいっぱい遊んでくれて、たくさんの笑顔をありがとうございました。

それから追悼文集にも寄せてくれてありがとうございました。

何か月か前に、お父さんの夢に遊びに行ったとき、

「池本さんがヤベホームにおうちを頼みに来たよー、かわいい奥さまと一緒に住むそうだよー」って聞きました。

私とヤベホームを忘れずにいてくれてありがとう。

父はたいへん喜んで、仏壇の前で泣いていました。

今日、おうちの引き渡しだそうですネ！

父のあとも、妹の花子たちが末永くおうちの点検をしていきますので、安心してください。

ヤベホームの家で幸せに暮らしてください。

本当にありがとうございました。

＊

二〇一九（令和元）年、清子がお世話になっていた施設の介護スタッフの池本さんが、ヤベホームで家を建ててくれた。それまでも清子がお世話になった方たちが、ヤベホームで家を建ててくれることが多かったので、福徳は、ヤベホームの会長は清子なのだと思っている。

いまは三女の花子が、東京の不動産会社での修業を終え、伴侶と一緒にヤベホームで働いてくれている。

次女の美波は、美容学校を卒業したあと、いまは自分で美容サロンを経営し、従業員を数人雇うほどまでに成長している。

福徳は、清子が矢部家にいてくれたことで、みんなとても頑張れているのだなあと思うことがある。「みさかえの園」の施設長が言っていたように、清子が自分たちの光になってくれているのだとしみじみ思う。

コロナ禍でのお礼回り「清ちゃんマスク」

福徳は、生前清子がお世話になった病院や養護学校へも何かのタイミングでお礼を考えていた。二〇二〇（令和二）年、新型コロナの感染拡大により世の中がマスク不足のときだった。

福徳はこのときだけはと清子がお世話になった長崎国立医療センター、諫早病院、諫早特別支援学校にマスクの寄付を決め、約一万枚を配らせていただいた。

その名も「清ちゃんマスク」。一二年ぶりに病院・学校へのお礼ができ、当時の清子を覚えている方も大変喜んでいただいた。

二〇二一（令和三）年には、清子と暮らした家からすぐそばの土地に、立派な新社屋を建てることができた。

三五年前、家賃六万五〇〇〇円の、いまにも倒れそうな小さな事務所からはじめたことを思い出す。

お金も仕事も信用もなく、毎日二〇〇軒ほどの飛び込み営業をして、雨どいの修理やリフォーム工事でなんとかやりくりしていたこと、ヤベホームと書かれた小さな看板が、西日にさらされ傾いて落ちかけていた日のこと、一件も契約を取れなかった日のこと。彼はいま、それらの日々のことを懐かしく思い出している。

2020年「清ちゃんマスク」の寄贈
長崎国立医療センターにて

新社屋の落成式には、取引業者さんたちだけではなく、清子がお世話になった人々をご招待した。

福徳が、すべての方に感謝の言葉を述べたあと、まずは専照寺の住職に、記念講話をしてもらった。住職は、「いやいや、まるっきり場違いですよ」と言いながら、みんなを笑わせ、涙ぐませる話をしてくれた。

住職の次に、諫早特別支援学校の校長先生、「みさかえの園」の施設長に話をしてもらい、そのあと、希望が丘特別支援学校の和太鼓部に、素晴らしい和太鼓の演奏をしてもらった。

普通の会社の落成式とはまったく違う趣向だったが、福徳は、自分がここまでこられたのは、すべて清子と、清子に関わってくれた方々のおかげだと思っていたから、その方々に祝ってもらいたかった。

眺めのいいお墓

七階建ての新社屋は、二階から上は賃貸マンションにした。最上階の七階には次女が住んでいる。

そして、七階の部屋の窓から見える場所に清子のお墓がある。

マンションの前に、少しだけ小高くなった土地があって、そこに小さな墓地があり、数区画空いているという話が福徳の耳に入り、行ってみると、ちょうど新社屋の七階と同じ高さの、次女の部屋が目の前に見える場所があった。

その高台からは、雲仙岳も見えた。雲仙岳の麓には、福徳が生まれ育ち、清子が三歳まで住んでいた千々石町がある。

彼は墓の購入を即決し、そこを清子の墓とした。

姿は目に見えなくとも、いつも清子はそばにいると思っていた福徳だったが、すぐそこに清子の墓があることは、彼によりいっそうの安心感をもたらした。

二〇二二（令和四）年、ヤベホームは設立三五周年を迎えた。

＊

忙しそうなお父さんへ

お父さん、毎日毎日お仕事おつかれさまです。

お父さんは、飛び回るように頑張ってお仕事していますね。

あいかわらずスマートなお父さんは、私の自慢です。

でも、ちょっとお酒は控えてネ。

お仕事が終わってから、歩いて飲みに行ってるのを、私はちゃんと見ています。

散歩がてらと言いながら、わりと遠くまで歩いて飲みに行って、帰りは酔っ払って歩いて帰ってきてるお父さん、私はいっつも、あらあらと思いながら見ていますよ。

千鳥足で転ばないように気をつけてネ。

それからお父さんが遠くまで出張に行くときには、新幹線に乗り降りするお父さんの姿をホームにすぐに見つけられて楽しいです。

素敵な場所にお墓を建ててくれてありがとう。

＊

清子のお墓も新社屋も、新幹線のホームから見える。

新社屋が完成したとき、福徳は新しくなったJR諫早駅の西口のエレベーターから、妻と二人で新社屋を眺めて驚いた。

駅から見える立派なヤベホームのビルを見て、一番びっくりしていたのは福徳と妻だった。

「あんなパッパラパーだった兄ちゃんが、三五年後に、こがん立派なビルを建てきるなんてねえ……」

清子の墓から見える新社屋と
JR諫早駅新幹線ホーム

目の前のビルを眺めながら、彼はどうしても信じられなかった。妻も同じことを言っていた。

あのときの兄ちゃんこと矢部福徳は、無借金、無担保でビルを建てるぞと意気込んでいたが、まさか本当に実現できるとは思ってもいなかった。

新社屋が建って三年経っても、諫早駅のホームから本社ビルを見るたびに、昔の自分といまの自分の差に、彼はいまだに驚いてしまう。

他人と比べないということ

この話を専照寺の住職にしたときに、住職はこう言った。

「人間というものは、普通、自分のことは他人と比べるとですよ。でも矢部さんは、昔の自分と比べておられる。他人と比べてそれを見下げたり羨んだりするんじゃなくて、昔の自分と比べるというのは、非常に純粋な行為なんです。矢部さんって、見かけによらず、純粋かとですねえ、はっはっは」

住職と一緒に笑いながら、福徳は内観する。

自分が純粋なのかどうかはわからないが、確かに、昔の自分の写真を見るたびに、「このころのこの青年は、いきっとったなあ」とか、「ああ、こんときの青年は、悲しみに打ちひしがれとるなあ」などと思う。

「ずっと自分と比べてこられたんでしょうね」

住職の言葉に、そうなのかもしれないと彼は思う。

さらにはいま、大昔の自分の写真を見て、あれ？　これ、誰だ？　なんて思うこともある。それがとても自分とは思えなくて、いまの自分は新しい自分であるような気持ちになる。

「それはきっと、清子さんのことで、一回、何かが切れたとでしょうね」

「多分そうでしょうね。人生が一回、カチッと変わってしまった気がします」

「輪廻というのは、私たちの中心になる考え方ではありませんが、それをもって説明することもあるんですよ。私たちの迷いの深さとかを説明するときに、輪廻という言葉を使います。まあ、私の宗派では、何かに生まれ変わるというような考え方はないので、脱皮するという感じですかね」

「ああ、確かに、私は脱皮したかもしれません。三年ほど前から、毛も生えてきませんし……」

「はっはっは」

福徳が、清子と出会い、別れたことで、彼の中で何かが変わったのは事実だった。

そして彼はいま、自分の中に、三人くらいの自分がいるような気がしている。

貪欲な自分。

清らかな自分。

とんでもない自分。

選択肢に迷ったら、自分の中の自分たちと相談する。

自分の中の数人と対話していると、自分のいろんな面が客観的に見えてくる。

そしていまは、人生が一度リセットされたような気がしている。専照寺の住職や、「みさかえの園」の施設長と深い話をすることで、心の持ち様が変わってきて、そうなったのだろうと思っている。清子が与えてくれた縁に、とても深く感謝している。

心を穏やかにする方法

「僕はですね、宗教の根っこというのは、みんな一緒だと思っているんですよ。だから矢部さんは、ちゃんとその根っこを見ていらっしゃるんだと思いますよ」

住職がそう言ってくれる。

「いやあ、そうなんですかねえ。なんも見えとらん気もしますが……。ただ、いまコロナなんかあって、心が貧しくなってしまった人が多いから、こうやって私みたいに、たまにこんな話をするのは、非常に大事なことなんじゃないかなあと思いますねえ」

「そうですね。でも私も心は貧しいんですよ、言葉は豊かだけど。はっはっは」

住職は、何を言ってもぜんぶ笑いに変えてくれる。

そんな住職と話をしていると、福徳の心は穏やかになってくる。


「矢部さんが、ここに来て心が穏やかになるというのはですね、私に会いに来ようと思った時点で、清子さんを思い出すからですよ。清子さんとのご縁ですから、私が。同級生とか仕事仲間とか、矢部さんにはたくさんの知り合いがおられると思います。その方たちと話をしていても清子さんのことを思い出すと思いますけど、私とのつながりは、清子さんしかないですから。

だから純粋に、清子さんのことを想うことができる。ここへ来る途中の道でも、ずっと清子さんのことを想っとるはずです。私は、清子さんを思い出すご縁としての住職なんだと思います」

そうなのだ。ここへ来ると、彼は清子と会えるような気がしている。

福徳は、ここへ来て清子の話ばかりをするわけではなく、仕事の話や世間話をすることの方が多いけれど、いろんな話をしながら傍らに清子を感じ、心が穏やかになっている。

「たとえばですね、矢部さんがここへ来られるのと、人が母校を訪ねるというのも同じなんだと思いますよ。懐かしい母校に近づくにつれ、だんだん景色も気持ちも変わってくるじゃないですか。いわゆる気持ちのけじめと言いますか、リフレッシュと言いますか。そこへ行きたいと思って家を出た瞬間から、気持ちが変わってくる。矢部さんがここをお訪ねになるというのは、清子さんにお会いになりたいということだと思いますよ」


静かなお寺の境内で、福徳は大きな銀杏の樹を見上げる。

きらきらと光る海が、今日はいつにも増してきれいだなあと思った。

海がきれいだと思える日は、彼の心は穏やかで、水面の波の動きが目に入らないときは、彼の心が波立っているときだ。

道端の花も、空の青さも、心が穏やかなときには鮮やかな色で彼の心を動かすが、同じ色がまったく見えないときもある。

今日の福徳の心は穏やかだった。

清子がくれた縁

福徳は、つらいときに祈祷師巡りをしていたころのことを思い出す。

なぜ清子が生まれてきたのかを知りたかった三年間。

それから妻が倒れて大変だったときのこと。

非常につらい時期だったが、いま思うと、自分が一番頑張っていて、踏ん張っていて、我ながらカッコよかった時期だなあとも思える。いまはときどきちょっとふらついたりすることもある。だから身を引き締めねばと思っている。

福徳は、祈祷師巡りはやめたけれど、一〇年間ほどできなかったことがある。

それは、人のお葬式に行けなかったということだ。

そのころの福徳は、お葬式に行ったり納骨に立ち会ったりすると、変な霊がついてきて、それが清子に乗り移ったらどうしようなどと、心のどこかで本気で恐れていたのだ。

恐れは人を弱くする。理由のない「恐れ」は、自分自身がつくり出していた迷信だということに気づくまでに一〇年ほどかかった。お葬式に行かないなんて、随分失礼なことをしてしまったと反省している。

そして人は、厳しい現実を受け入れられないとき、世間を恨んだり、迷信を恐れたり、何かが見えるという人々に頼ろうとするのだと思った。悲しみが、人を迷わせるのだ。悲しみとは、行き場のない愛でもあり、愛が彷徨い迷うのかもしれないと思った。

「人間は弱いですから、ご縁をご縁と思えるか、ご縁を災いと思うのかで変わってきますもんね」

清子との縁が、自分を変えてくれたことに、福徳は本当に感謝している。

「人間というのは、基本的に、自分の立場と経験でものごとを受け入れるんですよ。そしてすべて否定的にしか受け入れることができないんです。

親だって、子どものことは、一人の人間としてではなく、子どもとしてしか受け入れない。子どもが『親のくせに』って言うのは、子の立場で受け入れているだけであって、人として受け入れているわけではない。

人間は、心のバイアスと、自分の経験と知識と人間分類でもって、すべての人を否定してから受け入れるんですよ。最初から、ありのままの姿を受け入れられる人はほとんどいません。

肯定というのは、そのままを受け入れることです。

すべての人を肯定して受け入れるなんて、人間にはできないんです。肯定して受け入れることを、仏教の世界では悟りと言います。だから人間はね、簡単には悟れないんですけど、変わることはできるんです。清子さんを、清子さんそのままで受け入れることができた矢部さんは、区別も差別も否定も乗り越えたということでしょうね」

受け入れたあとに

福徳は、住職のありがたい言葉を聞きながら、人間社会で、障がいを持って生まれた人のことを不幸だとか無駄だとか、そんな考えをする人間が、やがて障がい者を認め、尊敬してくれるような人間になってくれるといいと思った。

「人間には二種類しかおらんとですよ。仏様になった人と、これから仏様になる人です」

住職はそう教えてくれた。

清子は仏様になったが、自分はまだ仏様になっていない。

障がいを持っていた清子も、障がいを持っていない人たちも同じ人間であって、そこにある違いは、ただ、生きているか死んでいるかの違いだけだ。

いま福徳は、「みさかえの園」の施設長が言っていたように、障がい者が、健常者を導くような世の中になることを、心の底から願っている。

彼は自分がいつの間にかこんな風に考えられるようになっていて、はじめに清子を受け入れられなかった自分のことを思うと、自分も少しは進歩したのではないかと思えた。

福徳はいま、自分はやっと半人前になったところだろうなと思っている。

何も考えていなかった自分が、清子が生まれたことですべてが変わった。

近ごろの福徳は、自分が先に生まれたのか、清子が先に生まれたのかわからなくなっている。そもそも、清子が先にいたんじゃないかとすら思える。そのあとに、自分が親として生まれてきたんじゃないかと思えるのだ。

福徳は、清子が生まれてきてよかったと思えるような環境をつくるための、大きな課題を与えられたのが、自分の人生なのだと思った。

いつだったかイカの話をしてくれた住職が、ふと真顔になってこう言った。

「人間として生まれただけでいいんですよ。人間になれなかった生物もいっぱいおりますから。好きだ嫌いだと言いながら、すべての肉を食べるのは我々くらいなもんですよ。あれイヤ、これイヤなんて言えるのは、とっても贅沢なことですよ」

福徳は、二種類しかいないという人間の、いまはまだ生きている人間。もう一種類の死んだ人間になる前に、まだまだやれることはいっぱいあるだろうと思っていた。

清子の側に行く前に、生きている人間として、悲しみや苦難を経験した人間として、いま苦しんでいる人たちの役に立てる人間になりたいと思っている。

清子の回想ひとり船旅

福徳は二〇二二（令和四）年、新社屋落成式後の夜に決意したことがある。それは、清子が亡くなった直後に計画していた文集出版である。新社屋落成と創業三五年で「やっと半人前」になれた達成感と、清子と自分を客観的に見つめられる心境になったことが理由であった。ところが、いざペンを握った福徳だったが、仕事や雑用でなかなか心が無になれず原稿が進まない。

二〇二三（令和五）年五月の連休のことである。

何げなく見ていたテレビでクルージングの募集CMが飛び込んできた。翌月の六月二〇日から一三日かけて日本一周の船旅で、八か所の港に寄港する長期クルージングである。生きていたら六月二一日が清子の四〇歳の誕生日。携帯・メールも届かない船旅で執筆に集中できる。早速、福徳は妻へも相談なしに申し込んだ。そして清子の四〇年間を八港で分割して、五年分の回想を一港で原稿を仕上げる計画を立てた。相変わらずの決断の早さに、もう一人の福徳もビックリしていた。

六月二〇日、横浜港から函館港へクルージングスタート。

翌二一日、清子の四〇歳の誕生日の夜、とんでもない偶然に福徳は目を疑った。

＊

よい人生の旅を

お父さん、久しぶりの休暇を楽しんでいますか？

お仕事のことを、いっときでも忘れられていますか？

これまでずっと頑張ってきたんだから、少しくらいはゆっくりしてくださいネ。

日本一周クルージングの旅
富山港にて（2023年６月）

お母さんや美波ちゃんや花子ちゃんも、お父さんには休暇が必要だとずっと思っていたから、私の誕生日を祝いながら、お父さんがゆっくりお船に乗っているのは嬉しいと思います。

そうそう、あれにはビックリしましたネー。

お父さんと船の上での誕生日のこと、あの夏川りみさんがスペシャルゲスト！

私とお父さんの大好きな歌「涙そうそう」を聴けて、今でも夢か幻かわかりません。

お父さんの泣きながらの歌声が天国まで届きましたよー。

だけど、お父さん、本当に頑張ったね。

私がお父さんにできたことは、養護学校の先生や、「みさかえの園」の職員さん、病院のお医者さんや看護師さんや専照寺の住職さんたち、そんなたくさんの素敵な人たちとお父さんを出逢わせることだけでした。

私が結んだ縁を、ちゃんと大切にしてくれてありがとう。

たくさんの縁を結び、お父さんは成長してきたんだね。

やっと半人前になれたって言ってるけど、お父さんはもう、ちゃんと一人前になっているよ。

立派です！

とにかくお父さん、お父さんの人生は、私の人生でもあります。

だからお父さんは、お父さんの人生を、もっともっと楽しんでくださいネ。

お父さんが笑えば、私も楽しい。

お父さんが幸せだったら、私も幸せ。

お父さんはいつも、自分のことを運がいいんだと言っていますが、私はそれを聞いて、私も果報者だなあと嬉しくなります。

さてさて、今日も海がきれいですねえ。千々石の海も、凪いでいますよ。

船旅でリフレッシュしたら、また世の中や地球のために、頑張ってくださいネ！

私はいつでもどこでも、お父さんのそばにいます。

これからもお父さんの力になれるよう、天国でも勉強するね。

だからいつも私とつながっていてください。

お父さん、ありがとう。

ではでは、楽しい旅を！　ボンボヤージュ！

＊

清子が亡くなってから一六年になる。

彼が清子と夢で逢えるのは、三か月に一度くらいの頻度になった。

一昨年、福徳の母が亡くなったあと、よく母が夢に出てくるようになって、なんと清子は、母のわき役として、ちょこちょこ顔を出してくれている。

目覚めた彼は、そんな愉快な清子を思い出して微笑んでいる。

矢部福徳の半人前語録

福徳は清子との出逢いと別れで修得したことを語録に残した。

【人生観】

人生いいことばかりも続かない
でも悪いことばかりも続かないものですね
プラスマイナスゼロって感じかなぁ

同情されることは一瞬心地よいのですが
前向きになれないものです
だから同情することもされることも好みません

つらくても幸せ
裕福でも不幸ってよくあります

『あの世』って本当にあるのかわかりません
でも「ある」と信じて生きていくほうが
いい人生を送れそうですね

一つでも願いを持つことって心が豊かになる気がします
心が豊かになればどんな環境でも生きていけそうな気がします

結局、人間として生まれたことだけでも
幸せと思う心が

大事なのかもしれません

【仕事観】

波には乗っても
調子に乗らないことですね

身の丈を知ろう
身の丈でいこう
無理はしない
でも少しガンバロー

欲が大きくなれば
悩みも多く
なるものですね

自分が動くのは簡単
人を使うのはむずかしいもの
求めるものが大きいから

謙虚な心、素直な心と
熱意がないと
お客様も取引業者もついてこない気がします

結局、商売って
笑いと感動を売ること
なのかもしれません

おわりに――愛燦燦

私自身の人生を振り返れば、小椋佳さんの「愛燦燦（あいさんさん）」の歌詞そのものだと感じます。

一番の歌詞の「潸々（さんさん）と」には、涙をはらはらと流すさまという意味があると知り、わずかばかりの運の悪さを悲観し、哀しさと苦しさで世間を恨んでいた二〇代の日々。

二番の歌詞の「散々（さんざん）と」には、程度が甚だしいさまという意味があると知り、逆境に負けず、一生懸命頑張っても挫折ばかりが続いた三〇代の日々。

三番の歌詞の「燦々（さんさん）と」には、美しく光り輝くさまという意味があると知り、こつこつと努力した先に、たくさんの感謝と幸せが訪れて、温かい嬉し涙を流した四〇代～五〇代の日々を思い出すのです。

過去達は優しく睫毛に憩う
人生って不思議なものですね

そしていつのころからか、私の座右の銘は、「人間万事塞翁が馬」となりました。幸せや不幸せという感覚は、自分自身の考え方次第で変わるのだということを、身をもって学びました。人生には、いいことも悪いこともたくさんありますが、それこそが人生であり、捉え方次第では、すべてが素晴らしい経験となり、感謝の源となるのです。

いまはモノが溢れている時代ですが、本当に大切なのは、モノではなく、心であることを、どれだけの方が実感されているでしょう。

私は、どんなに美味しいものを食べても、どんなにいい車に乗っても、清子と過ごした日々の些細な喜びに比べると、どれも大した喜びではないと思います。

大切な人と過ごすささやかな時間こそが、かけがえのない大切なモノなのです。それは目には見えないモノです。心の中に積もっていく「想い」という宝物です。

「想い」は人それぞれで、同じ家族でも、清子への想いはそれぞれです。私はつねに、妻の想いは、私なんかが計り知れない、言葉にならないくらいに深い想いなのだろうと思っています。

最近では、私の夢への登場率が落ちていた清子ですが、この本を書くことによって、また頻繁に出て来てくれるようになりました。

清子の肉体と別れて一六年になりますが、この世でもなく、あの世でもなく、「その世」という二人の別世界をいつも感じます。

私の人生の光となって大きな幸せを与えてくれた清子――ありがとう。

そして私自身の命が終わるいつの日か、三途の川で清子が待っているのを楽しみにしています。


――またあの笑顔に逢えたなら――。

お礼のことば

私と娘・清子の物語を読んでいただき、ありがとうございます。

娘を光として、この上ない人生の喜びをいただいた私ですが、その裏には支えてくださった方々がたくさんいらっしゃいました。

生後四三五日間、仮死状態の清子を退院できるまでに、懸命に治療をサポートいただいた国立大村病院（現・長崎医療センター）の先生、看護師の皆さま。

清子が三歳～五歳ごろまでの間、装具付きで一瞬立てるまでにリハビリ、訓練の指導をいただいた整肢療育園（現・こども医療福祉センター）の指導員の皆さま。

病気で倒れた妻が回復するまで、清子を一時的に預かっていただいた長崎の田上病院「みどり棟」の先生や看護師の皆さま、同病院併設の養護学校の先生方。

家族が離ればなれになった時期、次女、三女の面倒を見ていただいたそれぞれの実家の両親。

清子が安定していた時期（一〇歳～一八歳）に、たくさんの笑顔と元気をつくってくださった諫早東養護学校（現・諫早東特別支援学校）、諫早養護学校（現・諫早特別支援学校）の先生方。

清子の支援学校卒業から、さらなる笑顔と茶目っ気を教えてくれた通園時代の「みさかえの園」の職員の皆さま。

肺炎で定期的に入院する清子がお世話になった諫早総合病院の先生や看護師の皆さま。

清子が倒れて亡くなるまで、私にとって貴重な四四〇日間を必死に守ってくれた長崎医療センターの主治医、看護師の皆さま。

清子を亡くして放心状態の私に、そっと寄り添ってくれた千々石町専照寺の神田住職、「みさかえの園」の福田施設長。

ヤベホームの社員、協力業者会、取引関係の皆さま。

清子との縁に共感いただき、ヤベホームでお家を建てていただいたお客様の皆さま。

皆々さまのたくさんの愛のおかげで、私自身やっと半人前になれた気がします。

今後も残りの人生、世のため、人のために尽力できるよう努力したいと思います。

この場を借りてお礼を申し上げます。

ほんとうにありがとうございました。

＊

最後に妻へ

清子が生まれてから亡くなるまでの二四年間、必死に守ってくれてありがとう。

今、想えば、あの二四年間は大変でしたが、それ以上の幸福感に包まれた二四年間でもありました。

私が仕事に集中できる環境をつくってくれたのも、あなたでした。

清子とあなたの「一心同体」となった姿は、私の清子との関わり方からすると、言葉では表せないほど神々(こうごう)しいものでした。

物静かで控えめなあなたにとって、今回の本の出版は、かなりの抵抗感があったと思いますが、私のわがままを承諾してくれて感謝しております。

今後も「その世」にいる清子をそばに感じながら、穏やかに暮らせれば幸せです。

ありがとう。

矢部福徳

二〇二四（令和六）年二月二二日　清子の一七回忌に

〈出版に寄せて〉

清ちゃんの笑顔に感謝

「みさかえの園」総合発達医療福祉センター　むつみの家　施設長　福田雅文

清ちゃんは二〇〇二年諫早養護学校高等部を卒業後、四月からむつみの家通園に通われ始めた。とても明るくて、にぎやかな雰囲気が大好きで、スタッフがおしりをフリフリして踊ると笑顔いっぱいに喜ばれ、スタッフも清ちゃんの笑顔に癒されていた。ただ、一番心配だったことは突然に起こるチアノーゼを伴う息止めの発作だった。酸素マスクを付けようとすると拒否されるので、そのときは祈るような気持ちで見守っていた。

清ちゃんの病気について、主治医の先生からお子さんには重い障がいが残り、生命予後も厳しいと説明されていたと推測される。もう四〇年以上、小児科医として重い障がいのあるお子さんやご家族に寄り添ってきたが、わが子に重い障がいが残ることを告知されたご両親の悲しみははかり知れない。子どもの誕生と健康を願い、将来を夢見ていたご両親は一瞬で深い谷底に落とされたような気持ちになり、悲嘆にくれる日々が始まる。

清ちゃんの場合、入退院を繰り返しながらも、ご家族との時間を大切にされ、養護学校も高等部まで進学されて、良き仲間や先生に囲まれて一二年間の学校生活はとても有意義で楽しい時間だったと思う。清ちゃんのゆっくりでも一歩一歩と成長する姿、苦しいときでも見せてくれる精一杯の笑顔はご両親の最高の宝物だったと思う。

お子さんに重い障がいがあると多くの母親は医療的ケアと介護と子育てにおわれ、精神的にも身体的にも限界に近いはずなのに、その境遇を受け入れて優しくお子さんに接しておられる姿には、ただただ頭が下がる思いだ。一方、父親は仕事をされているためか外来や通園では目立たない存在で、お気持ちを聴く機会はほとんどない。福徳さんの場合は、清ちゃんが二三歳のときに医療センターに緊急入院となり、生死をさまよう厳しい状況のなかで、わが子への想いを綴った小冊子が施設に届き、父親との交流のきっかけとなった。

この本には重い障がいのあるお子さんの父親としての苦悩や葛藤の日々、そしてもがき苦しむ生き様を正直に語られている。母親が体調を崩され入院されてからは母親としての役割も担い、清ちゃんと父親の心の絆は深まっていった。そして、急変後の清ちゃんが人工呼吸器に身を委ねた意識不明の重篤な状態に陥ってからは、父親の切ない想いを俳句で表現された。悲しい入院生活の日々を詠った俳句は心に響き、感銘をうけた。これだけ素直に自分の気持ちを詩に出来るのは、清ちゃんと向き合うなかで清ちゃんの純粋な心が福徳さんに宿ったのではないかと思った。急変後の厳しい状態で四四〇日間を生き抜いた清ちゃんの頑張りとご家族の温もりのある付き添い生活は、福徳さんやご家族にとって、大切な時間となったように思う。

福徳さんは清ちゃんと暮らした日々を振り返ることで、懸命に生きた清ちゃんが父親の人生の師となって、健康な住宅と地球温暖化防止に取り組み、社会へ貢献する道を歩み始める。そして、見事に清ちゃんと福徳さんの夢を実現された。

この本は「重い障がいのある子どもの命の輝き」「共に生きる家族の素晴らしさ」を私たちに伝えてくれる。

障害福祉の父と称される糸賀一雄は実践のなかで新しい福祉思想を追求し、障がいのある子どもたちと共に暮らすことで、この子らが世の光になると確信した。そして、この子らに世の光をあてようではなく『この子らを世の光に』という思想に到達した。

この本に書かれている重い障がいのある清ちゃんの人生がまさにそのことを証明している。

清ちゃん、ありがとう。

JASRAC 出 2401579－401
NexTone　PB000054693号

著者プロフィール
矢部 福徳（やべ ふくのり）
1957（昭和32）年、長崎県生まれ。
ヤベホーム株式会社代表取締役。

またあの笑顔に逢えたなら 重い障がいのある娘が教えてくれたこと

2024年6月21日 初版第1刷発行

著 者 矢部 福徳
発行者 瓜谷 綱延
発行所 株式会社文芸社
〒160-0022 東京都新宿区新宿1－10－1
電話 03-5369-3060（代表）
03-5369-2299（販売）

印刷所 株式会社フクイン

ISBN978-4-286-24504-1